마도신화전기

With of Magic power

1

동은 퓨전 판타지 소설

FUSION FANTASTIC STORY]

도서출판 청어람

KB078493

마도신화전기

동은 퓨전 판타지 소설

FUSION FANTASTIC STORY)

마도신화전기 1

동은 퓨전 판타지 소설

초판 1쇄 찍은 날 § 2014년 12월 24일
초판 1쇄 펴낸 날 § 2014년 12월 31일

지은이 § 동은
펴낸이 § 서경석

편집부장 § 권태완
편집책임 § 이창진

펴낸곳 § 도서출판 청어람
등록번호 § 제387-1999-000006호
등록일자 § 1999. 5. 31
어람번호 § 제1-2012호

주소 § 경기도 부천시 원미구 부일로 483번길 40 서경B/D 3F (우) 420-822
전화 § 032-656-4452 팩스 § 032-656-4453
http://www.chungeoram.com
E-mail § chungeorambook@daum.net

ISBN 979-11-04-90040-2 04810
ISBN 979-11-04-90039-6 (세트)

CONTENTS

그녀에게 돌아갈 수만 있다면…….

영혼이라도 팔 것이다.

INTRO

　'놈들이 나를 발견했다.'

　미간을 찡그린 곤은 기차 난간을 잡고 재빠르게 올라섰다.

거친 숨이 쉽사리 가라앉지 않았다.

　그는 난간을 잡은 채 뒤를 돌아봤다.

　놈들이 기차에 올라타지 못하길 간절히 빌었다.

　헌병대원들도 그가 기차에 타는 것을 봤다. 그들은 욕설을

내뱉으면서 전력을 다해 뛰고 있었다.

　기차는 점점 속도가 빨라졌다.

　제발, 제발 놈들이 기차에 타지 못하기를 빌었다.

　저들이 손을 뻗었다.

　제기랄!

세 명의 헌병대원이 기차에 탑승했다.

곤은 기차에 가득 찬 사람들을 헤치며 앞으로 나아갔다.

사람이 많아 뚫고 지나가기가 쉽지 않았다.

뒤통수에서 놈들의 목소리가 들렸다.

"잡히면 넌 죽는 걸로 끝나지 않을 거야!"

일본군이라는 것을 안 사람들이 알아서 자리를 피해주었다.

곤과의 거리가 줄어들었다.

"빠가야로!"

사내 중의 한 명이 곤의 어깨를 잡았다. 손가락의 우악스러운 힘이 어깨에서 강하게 느껴졌다.

곤은 놈을 뿌리치기 위해서 팔을 돌렸다.

어깨가 욱신거릴 정도로 억센 힘이다.

뿌리칠 수가 없었다.

곤은 허리를 회전시키며 어깨를 잡은 사내의 면상을 손등으로 강하게 쳤다.

뻑 하는 소리가 객실 안에 울렸다. 아직 상황을 모르고 있는 사람들이 놀라서 그들을 쳐다봤다.

예상치 못한 공격이었는지 사내는 얼굴을 부여잡고 옆으로 휘청거렸다.

곤은 재빨리 칼을 꺼냈다.

푸식!

군용 나이프는 사내의 목젖을 정확히 찔렀다.

칼을 뽑자 엄청난 피가 사방으로 튀었다. 자리에 앉아서 감자를 까먹던 두 명의 중국인에게 날벼락이 떨어졌다.

피를 뒤집어쓴 그들이 비명을 질러댔다.

짧은 시간에 다른 놈들과의 거리가 좁혀졌다. 놈들도 어느새 군용 나이프를 손에 쥐고 있었다.

열차 안에 있던 중국인과 조선인들이 그들이 꺼낸 칼과 시체, 피를 보며 비명을 질러대며 다른 객차로 옮겨갔다.

차라리 잘됐다.

저들 속에 뒤섞여 다른 객차로 움직이면 되니까.

"빠가야로, 천황폐하께 바칠 산삼을 훔쳐? 네놈의 간이 배밖으로 나왔구나!"

개소리!

천종산삼을 처음으로 발견한 사람은 다름 아닌 곤이었다. 무학 스님의 이야기를 듣고 혜인을 살리기 위해 백두산을 여섯 달이나 뒤진 끝에 가까스로 찾아낸 마지막 희망이었다.

그것을 놈들이 강압적으로 뺏어갔다.

곤은 그것을 다시 훔쳐 낸 것이다.

"당장 그것을 내놔라!"

한 사내가 고함을 내지르며 곤을 향해서 칼을 휘둘렀다.

코앞에서 날아든 군용 나이프를 가까스로 피한 후 팔꿈치로 놈의 턱을 가격했다.

빠각 하는 소리가 나며 놈이 엉덩방아를 찧었다. 곤은 그 틈을 타 재빨리 뒤로 몸을 날렸다.

"조센징!"

그들이 권총을 빼 들고 곤을 겨냥한 후 방아쇠를 당겼다.

탕! 탕! 탕!

기차 안에 사람들이 가득하다는 것을 모르는 모양이다. 아니면 개의치 않든지.

총알은 곤의 옆을 스치고 기차 벽에 박혔다.

"아아아악!"

빗나간 총알은 중국인 중년 여성과 한복을 입은 조선인 남자를 맞췄다.

그들이 피를 뿌리며 바닥에 쓰러졌다. 미간과 목을 관통했다.

미친놈들!

탕탕탕!

총알이 바닥날 때까지 계속해서 방아쇠를 당겨댔다. 대여섯명의 사람이 총상을 당하고 쓰러졌다.

곤은 허리를 숙이고 옆 칸으로 이동했다.

만주국 헌병대와의 거리가 빠르게 좁혀졌다.

이 작은 기차에서 더 이상 피할 곳은 없었다. 곤은 기차 연결 칸에 가까스로 도착할 수가 있었다.

여기서 잡힐 수는 없었다.

뛰어내려야 한다.

크게 다칠 위험이 있었지만 지금은 다른 것을 생각할 겨를이 없었다.

기차가 덜컹덜컹 소리를 내며 심하게 요동쳤다. 아무것도 없는 만주의 허허벌판이 빠르게 그의 시선을 지나쳤다.

꿀꺽.

이런 곳에 뛰어내려야 하다니. 저절로 몸이 움츠러들었다.

"난 산다! 절대로 죽지 않아!"

혜인에게 반드시 살아 돌아간다.

곤은 이를 악물었다.

그때였다.

하늘이 순식간에 어두워졌다. 빛이 감쪽같이 사라졌다. 완벽한 어둠이 곤의 눈동자를 휘감았다. 동시에 기차는 미친 듯이 요동쳤다.

쿠쿠쿠쿠쿵!

바퀴에서 불꽃이 튀고 뒤 차량이 밀려와 앞 차량에 부딪쳤다.

앞 차량이 순식간에 찌그러졌다.

차량이 찢어지며 수십 명이 넘는 사람이 밖으로 튕겨져 나갔다.

곤은 기차에서 떨어지지 않기 위해서 난간을 있는 힘껏 붙잡았다. 뛰어내리겠다는 생각은 머릿속에서 사라졌다. 이곳에서 떨어졌다가는 뼈도 추리지 못한다.

일본군 헌병들도 놀란 모양이었다. 그들은 뛰던 걸음을 멈추고 아비규환으로 변하고 있는 기차 안을 놀란 눈으로 지켜봤다.

끔찍한 일이 이곳에서 벌어지고 있었다.

콰콰콰콰쾅!

폭발도 일어났다.

기차의 중간 부분이 뚝 부러진다.

뒤편에 있는 차량이 뒤집히며 순식간에 지옥도로 변해갔다.

폭발은 만주국 헌병대 놈들을 휩쓸었다. 놈들의 사지가 불타며 조각조각 나는 것이 선명하게 보였다. 다른 몇몇은 찢겨진 열차에 심장이 뚫렸다.

그들은 비명도 제대로 지르지 못했다.

기차에 불이 붙었다.

매캐한 연기가 사방에서 뿜어져 나오며 사람들의 숨통을 조였다. 검은 연기가 기차 안을 가득 메워 한 치 앞도 보이지 않았다.

"사람 살려!"

"여기 누구 없어요! 내 남편 다리가 끼었어요! 제발 도와주세요!"

"쥬밍아! 쥬밍아(살려주세요)!"

비명이 난무했다.

곤은 피에 젖은 상의 한 부위를 찢어서 입을 가렸다. 금방이라도 숨이 멎을 것처럼 턱턱거리던 심장이 조금씩 가라앉았다.

그는 한 발씩 앞으로 나아갔다.

도대체 무슨 일이 벌어졌는지 알 수가 없었다. 주변은 온통

새까맣고 기차에 붙은 불은 점점 심해졌다.

사람들의 비명 소리만이 가득하다.

콰콰콰쾅!

기차 앞부분에서부터 폭발이 더욱 심해졌다. 거대한 폭발은 빠르게 기차 전체를 휘감고 있었다.

콰콰콰콰콰쾅!

거대한 섬광이 번쩍였다.

섬광은 한순간에 기차 전체를 훑고 지나갔다.

"아, 안 돼!"

곤은 손을 들어서 얼굴을 가렸다. 모든 것을 녹여 버릴 것만 같은 뜨거운 화염이다.

모든 것이 한순간에 증발되었다.

콰콰콰콰콰쾅!

섬광에 휩쓸리며 곤도 의식을 잃고 말았다.

Chapter 1. 부서진 달의 세계

도대체 무슨 일이 벌어진 것일까.

눈꺼풀이 무거워서 위로 올라가지 않았다. 눈두덩이 위에
천 근이 넘는 바위가 올라가 있는 느낌이다.

이대로 쉬고 싶었지만 그럴 상황이 아니었다.

곤은 깊게 숨을 들이마시며 눈을 떴다.

아무것도 보이지 않았다.

완벽한 어둠 속에 덩그러니 그 혼자 누워 있었다. 역한 곰팡
이 냄새와 알 수 없는 향기가 뒤섞여서 곤의 속을 뒤집었다.

여기는 어디지?

자신에게 무슨 일이 벌어졌는지도 떠오르지 않았다. 머릿속
이 꼬인 실타래처럼 엉켜 있었다.

한참이나 지나자 자신이 누구인지, 누구를 살려야 하는지, 무슨 일이 벌어졌는지 조금씩 떠올랐다.

욱신욱신.

정신이 들자 육체 이곳저곳에서 비명을 질러댔다.

팔과 다리, 등, 허벅지까지 아프지 않은 구석이 없었다.

손가락을 까닥거려 보았다.

움직였다.

다리도 들어보았다.

역시 움직였다.

물먹은 솜처럼 무겁지만 크게 다친 곳은 없는 모양이었다.

그렇지만 아직 감각은 온전하지 않았다.

그는 몇 번이나 눈동자를 깜빡였다.

아직도 아무것도 보이지 않는다. 어둠에 익숙해지려면 약간의 시간이 필요할 듯싶었다.

"물건… 물건은……."

곤은 메고 있던 보따리를 찾았다. 뜯겨져 나갔는지 등에 매달려 있어야 할 보따리가 없었다.

가슴이 덜컥 내려앉았다.

그것이 없으면…….

그것이 없으면 안 된다.

혜인을 살릴 수 있는 사람은 자신밖에 없으니까.

그는 바닥을 더듬었다. 손바닥이 무척이나 차가웠다.

아무것도 보이지 않아서 보따리를 찾기가 쉽지 않았다.

"이건 뭐야?"

주먹보다 조금 작은 어떤 돌이 잡혔다.

미끈미끈하고 차가운 냉기가 도는 돌이었다.

돌의 느낌이 하도 기이하여 눈 가까이에 가져다 댔다. 돌 모양을 어렴풋이 본 곤은 소스라치게 놀라고 말았다.

너무도 불길하게 생긴 돌이다. 엄지손가락보다 조금 크고 거무튀튀하다. 사람의 얼굴과도 비슷했다. 눈과 입을 꿰맨 듯한 형상. 소름이 돋았다.

그는 돌멩이를 멀리 던져 버렸다.

괜히 기분이 나빠졌다.

곤은 다시 바닥을 더듬었다.

한참이나 헤맨 후에야 보따리를 찾을 수 있었다.

"다행이군."

곤은 안도의 한숨을 내쉬었다.

가장 중요한 것이 있는지 확인해야 한다.

그는 손아귀에 힘을 줘서 내용물을 살폈다. 뭉뚝한 것이 만져졌다.

천종산삼도 있었다. 머리를 맑게 해주는 향긋한 냄새가 보따리 안에서 풍겨졌다.

혜인을 살릴 수 있는 유일한 희망, 이것만은 죽어도 손에서 놓을 수가 없었다.

희망이 생기자 현실 감각이 조금씩 돌아왔다.

맞아, 기차의 탈선, 그리고 거대한 재앙.

끔찍했던 기억이다. 사방이 검은 연기와 뜨거운 불길뿐이었다. 처절한 사람들의 비명 소리와 살 타는 냄새가 가득했다.

그곳에서 몸 성히 살아남은 것은 기적이었다.

그럼 이곳은 어디일까.

그러고 보니 아까부터 썩은 냄새가 진동했다.

썩는 냄새?

꿀꺽.

곤은 마른침을 삼켰다.

심한 갈증이 느껴졌다.

불길함이 척추와 뇌리를 관통했다. 역한 냄새로 인해 숨을 쉬기도 쉽지 않았다.

그는 팔을 뻗어 주머니를 뒤졌다.

다행이다.

지포 라이터가 손에 잡혔다. 지포 라이터를 꺼내서 부싯돌을 당겼다.

불이 켜졌다.

곤은 지포 라이터를 들고 주위를 비춰보았다.

"흐흡."

곤은 깜짝 놀라 지포 라이터를 떨어뜨릴 뻔했다.

그의 바로 앞에 목이 부러진 채 할머니가 죽어 있는 것이 아닌가.

사망한 지도 꽤나 오래되어 보인다. 살이 썩어서 구더기가 피부를 뚫고 흘러내리고 있다. 할머니의 눈동자는 부릅떠져 있는 상태였다.

눈동자를 마주치고 싶지 않았다.

죽은 자는 한두 사람이 아니었다.

적어도 수십 명 이상이었다. 혹은 수백 명일지도 모르겠다.

썩은 냄새의 원인은 이것이었다.

곤은 어둠 속에 홀로 시체 더미 속에 있었다.

손발이 덜덜 떨리고 머릿속이 하얗게 변해갔다. 어지간한 담력을 가지고 있는 곤이라 하더라도 지금과 같은 상황에서 냉정을 유지하기란 무척이나 어려웠다.

생존자는? 부상자가 있다면 신음 소리라도 들려야 정상이 아닌가.

왜 이렇게 조용할까.

왜 아무도 없을까.

도대체 왜 아무것도 보이지 않는 걸까.

곤은 다시 지포 라이터에 손가락을 댔다. 다시 켜볼 엄두가 나지 않았으나 결국 지포 라이터를 켰다.

아까보다 훨씬 더 또렷하게 지금의 상황을 확인할 수가 있었다.

수백 구가 넘는 시체가 조각이 난 채 찢겨져 나간 기차 통로 안을 가득 메우고 있었다.

그들은 미라가 되어버린 듯 죽은 자세 그대로 굳어 있었다.

"우에에에엑!"

불길한 기운이 목구멍에서 맴돌았다. 입을 틀어막기도 전에 신물이 올라왔다.

갑작스러운 어둠.

그리고 찾아온 대재앙을 어찌 말로 표현하란 말인가.

도대체 무엇이 잘못되었을까.

"크흑, 빌어먹을."

곤은 어금니를 강하게 물었다.

이런 대참사가 발생하리라고는 생각도 하지 못했다. 한복을 입고 죽은 수많은 조선인의 원통함이 원귀가 되어 귓가에서 흐느끼는 듯했다.

난 잘못이 없어.

내 잘못이 아니란 말이야.

얼마나 그러고 있었을까.

곤은 주먹을 있는 힘껏 쥐었다.

어차피 모르는 사람들이다. 얼굴 한 번 본 적 없는 사람들이다. 그들의 죽음에 대해서 죄책감을 느낄 필요는 조금도 없었다.

이 시간에도 혜인은 죽어가고 있다.

천 명의 죽음보다, 만 명의 죽음보다 그녀의 목숨이 더욱 소중했다.

찌르르르.

뭐지?

찌르르르.

기괴한 소리는 다시 들렸다.

찌르르르르.

순간 곤은 말 못할 불길함을 느꼈다. 솜털이 모두 곤두서고 오싹함이 문신처럼 피부에 들러붙었다.

이곳에 자신 외에 다른 뭔가가 있었다. 무엇이라 콕 집어 말할 수는 없지만 본능이 외쳤다.

몸을 숨기라고.

그대로 가만히 있으면 죽는다고.

곤은 급히 허리를 숙였다. 허리를 숙인 순간 눈을 뜨고 죽은 만주군의 시체와 마주쳤다.

무학 스님으로부터 죽은 자의 눈과 마주치면 안 된다고 들었다.

특히 강한 원한이나 염원을 지닌 채 죽은 자는 눈을 마주친 자에게 의지를 전달하려 한다고 하였다.

곤은 급히 만주군의 시체에서 고개를 돌렸다.

그러고는 최대한 숨을 참았다.

어둠 속에서 뭔가가 움직였다.

찌르르르, 찌르르.

곤충이 우는 소리 같기도 하고 들짐승이 낮게 으르렁거리는 것 같기도 했다.

뭔가가 그의 옆으로 스윽 지나간다.

곤은 눈을 의심했다.

그것은 팔뚝만 한 크기의 바퀴벌레였다.

만주와 대륙의 바퀴벌레는 조선의 바퀴벌레와는 비교도 되지 않는다.

그런데 이건 바퀴벌레라고는 생각도 할 수 없을 정도의 크기였다.

저것을 도대체 무엇이라고 표현해야 할까.

바퀴벌레라고 하기에는 너무나 컸다.

바퀴벌레 숫자가 점점 늘어났다. 커다란 크기의 바퀴벌레는 곧이어 수백 마리로 변했다. 그것들이 시체를 향해서 빠르게 다가갔다.

사각사각사각!

곤의 등줄기에서 식은땀이 흘러내렸다. 이 소리가 무엇인지 본능적으로 알 수가 있었다.

썩은 피 냄새가 곰팡이 냄새와 뒤섞여 진동했다.

수백 마리의 벌레가 죽은 시체를 뜯어 먹고 있었다.

신물이 올라오려는 것을 억지로 막았다. 어차피 속에 있는 것은 모두 게워냈다. 나온다면 시큼한 냄새가 진동하는 위액일 것이다.

그렇다면 벌레들도 알아차리겠지.

그는 귀를 막고 지금의 공포가 사라지기만을 기다렸다.

놈들이 우는 소리도 들리지 않았다.

곤은 천천히 눈을 떴다.

반딧불과 비슷한 무엇인가가 그의 코앞에 가득하다. 반딧불과 밝기는 비슷하지만 색이 다르다. 모두 소름이 끼치는 핏빛이었다.

방금 전 시체를 파먹던 거대한 벌레들.

산전수전 다 겪은 곤도 벌레들의 눈과 마주치고는 꼼짝도 하지 못했다.

찌르르, 찌르르.

놈들끼리 무슨 말을 하는 것일까.

놈들이 다가오는 것이 느껴졌다. 놈들이 그의 발목을 휘감으며 허벅지를 타고 올라왔다.

한 마리, 두 마리, 세 마리.

셀 수 없을 정도의 벌레가 곤의 몸을 타고 올라왔다. 놈들의 거대한 다리가 그의 피부를 건드릴 때마다 미칠 것 같은 두려움이 밀려왔다.

놈들을 털고 도망을 쳐야 하나?

아무것도 보이지 않는 이 지옥과 같은 터널에서?

곤은 선뜻 결정을 내릴 수가 없었다. 지금 상황에서는 도망치기도 쉽지 않았다. 그렇다고 선 채로 잡혀먹을 수는 없는 노릇이었다.

찌르르, 찌르르.

벌레들의 소름 끼치는 울음소리.

갑작스럽게 닥친 이 시간은 너무도 길고 무서웠다.

찌르르르, 찌르르.

목 부위에 있던 한 놈이 아가리를 벌렸다. 역한 썩은 냄새가 곤의 피부를 찔렀다.

놈은 곧바로 곤의 뺨을 물었다. 날카로운 이빨이 뺨으로 파고드는 것이 느껴졌다.

이런 미친 벌레 따위가!

가만히 당하고 있을 곤이 아니었다. 그 무서운 만주국 놈들과도 당당히 싸움을 벌인 그가 아닌가.

그는 입을 벌려 벌레를 물었다. 벌레 머리가 아그작 소리를 내며 반 토막이 났다.

더듬이와 녹색의 역한 피가 그의 목구멍으로 흘러들었다.

순간적으로 의식이 혼미해질 정도로 탁했다.

당장에라도 뱉어내고 싶었지만 지금은 그럴 수가 없었다.

이놈들보다 자신이 강하다는 것을 보여줘야 했다.

곤은 몸에 붙은 벌레들을 강제로 떼어냈다. 그리고 다시 한 놈을 잡아 입안으로 가져가 머리통을 물어뜯어 버렸다.

다시 놈의 역한 피가 목구멍으로 넘어갔다.

"와봐, 이 새끼들아! 날 먹어보라고!"

곤은 주변에서 찌르르 소리를 내며 다가오는 벌레들을 향해서 사납게 소리쳤다.

그는 쥐고 있던 벌레를 바닥에 던지고 다시 한 마리를 잡아서 머리통을 뜯어먹어 버렸다.

머리통이 먹힌 벌레는 곤의 손에서 수십 개의 다리를 버둥거렸다. 머리가 없어도 꽤나 오래 살아남을 수 있는 모양이었다.

찌르르르.

놈들의 살기가 빠르게 줄어들었다.

놈들의 살기가 줄어드는 것을 깨달은 곤은 더욱 사납게 소리쳤다.

"왜, 쫄았냐? 덤벼보라고!"

벌레들의 울음소리가 잦아들었다.

곧이어 벌레들이 곤의 몸에서 떨어졌다. 수백 마리가 넘는 그것들은 시체 더미를 넘어 어둠 속으로 빠르게 사라져 갔다.

"후아아아!"

곤은 길게 한숨을 내쉬었다.

만주군과 정면으로 맞닥뜨렸을 때도 이렇게 긴장하지는 않았다.

그리고 가장 의아한 것은 시체를 파먹던 거대한 벌레들이 왜 자신을 내버려 두고 갔느냐는 것이다.

먹이로서 적절치 않게 본 것일까.

머리를 굴려봤지만 결론은 나지 않았다.

살아남았다는 것만은 천운이다.

긴장이 풀리자 속이 뒤집어졌다. 벌레들의 역한 피가 위장에 구멍을 내는 듯했다.

"우에에엑! 우에에엑!"

벌레의 피와 껍질이 위에 달라붙은 듯 입 밖으로 나오지 않았다.

몇 번이나 해봤지만 마찬가지였다.

"빌어먹을, 할 수 없지."

의외로 포기하는 게 빠른 곤이었다. 몸에 큰 위해를 가하지 않는다면 굳이 씹어 먹은 벌레를 뱉어낼 필요는 없었다.

그가 할 일은 천종산삼을 가지고 어서 혜인에게 가는 것이었다.

곤은 손을 뻗어 벽을 짚었다.

벽은 무척이나 울퉁불퉁했다. 손바닥 끝에 축축한 이끼가 만져졌다.

벽이라…….

일본군이 뚫어놓은 터널 안에서 사고가 났던 것일까.

이상하다.

만주에서 터널을 본 적이 없는데.

그는 걷기 시작했다. 양쪽 어디건 벽을 타고 걷다 보면 끝자락이 나오겠지.

계속해서 지포 라이터를 켤 수가 없어서 벽에 손을 대고 한 발자국씩 천천히 움직였다.

걷고 또 걷고.

체감으로는 족히 반나절 이상을 걸은 것 같았다. 하지만 어둠의 끝은 보이지 않았다. 걷는 동안 몇 번이나 돌에 걸려서 넘어졌다.

지포 라이터를 켜보았다.

시야를 확보할 수 있는 유일한 물건이다.

터널의 끝도 보이지 않았다. 이렇게 긴 터널이 있을 수 있나?

지포 라이터를 끄고 다시 전진했다.

걷는 동안 두 번을 더 넘어졌다.

돌부리에 무릎이 박혀서 무척이나 고통스러웠다. 뼈마디가 욱신거렸다.

"아무도 없어요?!"

벌레들이 나타날까 봐 걱정이 되지만 어쩔 수가 없었다. 일단은 어둠만이 가득한 이곳에서 벗어나고 싶었다.

곤은 몇 번이나 외쳤다.

그의 목소리는 공허한 메아리가 되어서 되돌아왔다. 끔찍할 정도로 두려운 어둠이었다.

"정말 아무도 없나요?"

곤은 힘없이 말했다.

그때였다.

누군가 그의 어깨를 강하게 쥐었다. 전혀 예상하지 못한 상황인지라 곤은 소스라치게 놀랐다.

얼마나 놀랐는지 심장이 떨어지는 줄 알았다.

그뿐만이 아니었다.

어깨를 잡은 손의 악력이 보통 사람의 힘보다 월등했다.

"누, 누구……?"

"내… 내… 물건을… 내놔."

혀가 제대로 돌아가지 않는 발음이다. 또한 상대의 구취는 머리가 어지러울 정도로 심했다.

곤은 억지로 몸을 비틀었다. 그는 상대방의 얼굴을 본 순간 다시 한 번 심장이 떨어지는 느낌을 받았다.

이자는 분명 조금 전에 본 만주군이었다.

"다, 당신은 죽었잖아!"

"내… 물건… 내놔."

놈은 대답하지 않았다. 몇 번이나 물어도 똑같은 말만 반복했다.

"이거 놔!"

곤은 그의 팔을 뿌리쳤다. 하지만 잡고 있는 손이 너무도 억세서 쉽게 뿌리칠 수가 없었다.

"놓으란 말이야!"

만주군 병사의 배를 있는 힘껏 차올렸다. 놀랍게도 곤의 발이 만주군 병사의 배를 뻥 뚫어버렸다.

썩어버린 살과 뼈, 근육이 박살이 났다. 배가 뚫리면서 내장이 후두두 흘러내렸다. 그럼에도 놈은 곤을 놓지 않았다.

"내… 물건… 내놔!"

곤은 상황을 이해할 수 없었다.

만주군 병사는 분명히 죽었다. 산송장. 송장이 살아서 움직이고 있는 것이다.

"내… 놔!"

놈은 입을 벌리고 곤의 어깨를 물었다.

"크으윽."

뭉뚝한 이빨에 물리자 상당한 양의 살점이 떨어져 나갔다.

고통도 고통이지만 놈의 썩은 몸에서 나온 독기가 곤의 내부로 파고들었다.

"이, 이, 빌어먹을 새끼가……."

이대로 쓰러질 수는 없었다.

이대로 쓰러진다면 혜인은 누가 살린단 말인가.

이대로…….

이대로…….

순간 곤의 의식이 끊어졌다.

동시의 그의 눈빛이 녹색으로 변했다가 사라졌다.

그의 손이 만주군 병사의 아가리에 꽂혔다. 양손이 사정없이 당겨졌다.

퍽 소리가 나며 병사의 머리통이 사라졌다.

*　　　　*　　　　*

"이게 어떻게 된 일이지?"

곤은 자신이 고통으로 인해서 정신을 잃었다는 것을 알 수 있었다. 그러나 그는 멀쩡했다. 아니, 멀쩡하다고 할 정도는 아니었지만 어쨌든 살아 있었다.

그의 앞에는 머리가 박살 난 만주군 병사 놈이 이제는 정말 죽어 있다.

무슨 일이 있었던 걸까.

"크흑."

정신이 제대로 돌아오자 육체의 고통도 돌아왔다. 놈에게 물어뜯긴 어깨가 무척이나 아파왔다.

통증이 극심해 방금 전에 무슨 일이 있었는지 기억하기도 싫었다.

그는 군용 나이프를 넣고 한 손으로 어깨를 잡은 채 터널을 다시 걸어갔다.

곤의 머릿속에는 이대로 죽을 수 없다는 각오, 오직 그것 하나뿐이었다.

얼마나 걸었을까.

피를 많이 흘려서인지 현기증이 나고 갈증이 무척이나 심했다.

그의 시선에 신기루처럼 빛이 보였다.

그곳을 향해서 걸어갔다.

한 발씩, 한 발씩 어둠의 끝을 향해서 힘겹게 걸었다.

그리고 어둠의 끝에 다다랐다.

어둠의 끝에 다다랐을 때,

곤은 얼음 기둥처럼 얼어붙고 말았다.

그는 믿을 수 없다는 듯이 공허한 눈빛으로 어두운 하늘을 바라봤다.

하늘에는…….

반쯤 부서진 달이 위태롭게 어두운 하늘 위에 떠 있다.

하늘의 반을 가득 메우고 있는 부서진 달이.

*　　　*　　　*

곤은 자리에 주저앉았다.

서 있을 기운이 없었다. 심장은 방망이질을 하는 것처럼 마구 뛰었다.

혹시 자신이 꿈속에서 헤매고 있는 건 아닌지 몇 번이나 뺨을 꼬집어봤다.

꿈이 아니다.

꿈이 아니라면 도대체 무슨 상황이란 말인가.

저 하늘에 떠 있는 부서진 달은…….

"정신을 차려야 해."

곤은 양 손바닥으로 뺨을 짝 소리가 나도록 때렸다.

정신이 번쩍 들었다.

자신이 터널 안에 갇혀 있는 동안 무슨 일인가 일어난 것은 틀림없어 보였다.

그는 자리에서 일어났다.

차근차근 주변을 살펴봤다. 무학 스님께서 말하시길 어떤 상황에서도 이성을 잃지 않으면 길이 보인다고 하지 않았던가.

먼저 동굴로 들어가는 입구.

동굴로 들어가는 입구는 분명 허허벌판이었어야 했다.

하나 벌판 대신 자리를 채우고 있는 것은 수십 미터 높이의 거대한 고목들이었다.

철도도 사라졌다.

무릎까지 자란 수풀이 사방을 메우고 있을 뿐이다. 그나마 그가 서 있는 곳의 수풀은 낮았다.

조금만 고개를 돌려도 수 미터는 넘을 법한 엄청난 크기의 수풀이 수북하게 자라 있다.

이 거대한 밀림과 같은 숲 속에서 곤이 볼 수 있는 것은 어두운 하늘의 반을 차지하고 있는 부서진 달과 금방이라도 머리 위로 떨어질 것 같은 엄청난 숫자의 반짝이는 별뿐이었다.

고목들 너머로는 아무것도 보이지 않았다.

차가운 바람이 불었다. 바람이 정신을 차릴 수 있게 도와주었다.

그래, 이게 뭔 일이건 무슨 상관이야.

혜인이만 살릴 수 있다면 아무래도 상관없어.

곤은 그렇게 마음먹었다. 복잡한 실타래는 천천히 풀면 된다.

그는 자신이 해야 할 일을 명확히 인지하고 있었다.

바로 보따리에 든 천종산삼을 한시라도 빨리 혜인에게 먹여야 한다는 것.

그러기 위해서는 정글과 같은 숲을 벗어나야 했다.

이곳을 벗어나기 위해서는 최소한의 장비가 필요했다.

그는 보따리를 열었다.

보따리를 열자 천종산삼의 향긋한 냄새가 흘러나왔다. 그 향기가 그의 어지럽던 정신을 빠르게 정화시켜 주었다.

냄새만으로도 이런 효력이 있는데 직접 복용하게 되면 얼마나 큰 효능이 있을까 궁금하기까지 했다.

정신만 맑아지는 것이 아니었다.

욱신거리던 전신의 통증도 조금씩 옅어졌다.

"이러고 있을 때가 아니지."

그는 보따리의 뒤졌다.

호신용으로 들고 다니던 군용 나이프 하나, 지포 라이터 하나, 가죽으로 만든 물통 하나, 지포 라이터 기름, 말린 육포 두 개, 천종산삼을 묶고 남은 5m 정도의 노끈, 피우다 만 담배 반 갑, 상비약 약간.

이것만 가지고 밤의 산을 뚫기란 무척이나 힘들었다. 그는 자상 약을 꺼내 어깨에 발랐다. 천종산삼을 구하기 위해 대륙과 아라사를 돌아다닌 그다. 당연히 항시 위험해 노출되어 있었다.

그렇기에 여러 상비약을 챙겨가지고 다닌 것이 무척이나 요긴하게 쓰였다.

덕분에 미칠 것 같던 통증이 조금씩 가라앉았다.

"좋아."

이제는 야생동물의 위협에도 대비를 해야 했다.

그는 발밑을 뒤졌다. 밀림처럼 우거진 수풀이다 보니 마른 장작을 찾기는 어렵지 않았다.

바람은 차지만 춥지는 않았다.

그는 상의의 찢어진 천을 장작 끄트머리에 묶은 후 불을 붙였다.

불이 확 타오르며 주변을 밝혔다.

주위가 밝아지자 조금 더 또렷하게 주변 환경이 보였다. 예상보다 훨씬 더 울창한 숲이었다. 이런 곳이 만주 내에 있는지 처음으로 알았다.

그가 자란 절도 꽤나 외진 곳이었기에 숲이 울창했지만 이 정도는 아니었다.

만주에서 정글이라니…….

곤은 동굴 안으로 들어가기로 했다.

수많은 시체가 쌓여 있는 곳이지만 그만큼 여러 물건이 많은 곳이기도 했다. 생존에 필요한 물건이 꽤나 있을지도 모른다. 죽은 사람들에게는 미안하지만 산 사람은 살아야 하지 않겠는가.

벌레들이 두렵기는 하지만 조심만 한다면 다시 마주칠 일은 없을 것 같았다.

그는 자신이 나온 동굴 입구로 걸어갔다.

빠르게 걷던 걸음이 조금씩 느려졌다.

그리고 그는 손등으로 눈을 비볐다. 아무리 봐도 터널 입구가 보이지 않았다.

"부, 분명 여긴데……."

그가 나온 입구는 애초부터 존재하지 않는 듯했다. 거대한 바위가 앞을 가로막고 있다.

"이, 이건 말도 안 돼."

다시 주저앉고 싶은 심정이다.

곤의 상식으로는 이해가 되지 않았다. 모든 것이 뒤죽박죽이었다.

"이런 젠장, 도대체 여긴 뭐야!"

그는 앞을 가로막고 있는 바위를 향해서 발길질을 했다. 발바닥과 발등이 욱신거릴 때까지 찼다. 한참이나 바위를 찬 후에야 그는 멈췄다.

이런 짓은 그가 생존하는 데 하등 도움이 되지 않는다는 것을 잘 알고 있다.

하나 이렇게라도 하지 않으면 가슴이 답답해서 미칠 것만 같았다.

"혜인아, 기다려라. 제발 아프지 말고 기다려."

곤은 주먹을 와락 쥐었다.

마음은 급하지만 늦은 이 시간에 산을 내려가는 것은 자살 행위다.

아는 곳이라면 몰라도 지금과 같이 생소한 곳에서 움직이는 것은 큰 해를 입을 수도 있었다.

일단 해가 뜰 때까지 기다려야 했다.

그는 주변을 살폈다.

바닥에서 잘 수는 없었다. 뱀에게 물릴 수도 있고 멧돼지의 습격을 받을 수도 있었다.

특히 이곳처럼 수풀이 우거진 곳에서는 뱀에게 물릴 가능성이 무척이나 높았다.

그는 수풀을 헤치고 앞으로 걸어갔다.

수풀이 빽빽하게 우거져 있어서 안으로 들어갈 수가 없었다. 두려웠다.

휘이잉—

바람이 불며 수풀 위를 지나쳤다.

바람 소리만으로도 분위기는 충분히 음산했다.

끼럭끼럭.

끼끼기기기긱, 끼기기기기긱.

소름 끼치는 소리.

절에서 자라면서 들은 벌레들의 소리와는 질적으로 달랐다.

전혀 정겹지 않고 익숙하지 않았다.

곤은 자신이 올라가서 쉴 정도의 굵기를 가진 가지가 있는 나무를 살폈다.

워낙 나무들이 두껍고 거대하여 어느 나무나 올라가서 몸을 뉘일 수가 있었다.

단지 조금 높을 뿐이다.

어릴 적 절에서 자란 덕분에 나무를 잘 타게 된 것이 이럴 때 요긴하게 쓰일 줄은 예상하지 못했다.

그는 나무에 오른 후 몸통만큼이나 두꺼운 나무에 허리를 뉘었다.

중심을 잡지 않으면 금방 떨어지고 말 것이다. 몸을 뒤척여도 떨어질 것이다.

만약을 위해서 그는 노끈을 꺼내 나뭇가지와 몸을 묶었다. 수풀까지의 높이는 상당했다.

이 높이에서 떨어지면 분명히 죽는다.

일단 해가 뜰 때까지만 버텨보자고 곤은 생각했다.

다리에 힘을 주고 팔짱을 끼어 양팔로 몸을 감쌌다.

그렇게 쉬면서 체력을 보충한다.

곤은 눈을 감았다.

나무에서 떨어지지 않게 신경 쓰느라 깊은 잠은 잘 수가 없었다.

얕은 수면 상태로 빠져들었다. 위험에 처할 경우를 대비해서 귀는 열어두었다.

귓가로 소름 끼치는 곤충 소리와 섬뜩한 바람 소리가 계속해서 들려왔다.

조금씩 수마가 그의 의식을 잠식해 들어갔다.

그렇게 얼마나 눈을 감고 있었을까.

곤은 눈을 번쩍 떴다.

그는 움직이지 않았다. 조금도 움직일 수가 없었다.

엄청나고 거대하며 불길한 기운이 주위를 가득 메우고 있었다.

쉴 새 없이 지저귀던 기분 나쁜 벌레들의 울음소리도 그쳤다.

언제부터? 그것은 알 수가 없었다.

지금 눈을 뜬 것이 그에게는 무척이나 행운이었다.

식은땀이 등줄기를 타고 줄줄 흘러내렸다.

이마에도 땀방울이 맺혔다.

뭔가가 점점 이쪽을 향해서 다가오고 있었다.

역한 누린내.

콧속을 파고들어 폐부를 찔렀다. 단연코 이런 냄새는 태어나서 단 한 번도 맡아본 적이 없었다.

스스스슥.

그 무엇은 곤이 있는 나무 밑을 스쳐 지나갔다. 보이지 않지만 느낄 수가 있었다.

그는 눈동자를 조금씩 움직였다.

좌측으로, 좌측으로.

역한 냄새가 풍기는 방향.

눈동자가 움직이는 것만으로도 심장이 마구 뛰어 입 밖으로 튀어나올 것만 같았다.

보지 말라고 본능이 경적을 울렸다.

하마터면 곤은 나무에서 떨어질 뻔했다. 입이 벌어지고 비명이 터져 나오려는 것을 간신히 참았다.

소리를 내면 죽는다.

확실하게.

그의 눈동자에 비친 것은 거대한 늑대였다. 거대하다고 말하기에도 부족했다.

상식적으로 저런 크기의 늑대가 있다는 것이 말이 되지 않았다.

길이만 족히 3~4m에 높이가 2m에 이른다.

야광으로 만든 공처럼 눈동자가 파랗게 빛나고 있었다. 만약 저 시퍼런 눈빛이 자신을 바라본다면 어떨지 상상도 하기 싫었다.

저렇게 큰데, 저렇게 거대한데 늑대는 아무런 소리를 내지 않고 움직였다.

그리고 한두 마리가 아니었다. 최소 열댓 마리가 넘었다.

아무래도 사냥을 나온 듯싶었다.

보통 늑대들과 다른 점은 크기뿐만이 아니었다. 성인의 다리 한쪽만큼이나 긴 이빨이 어금니 사이로 뾰족하게 뻗어 나와 있었다.

도대체 저게 뭐지?

그가 알고 있는 상식과는 거리가 먼 늑대였다.

늑대가 아닌가?

그럼 저 황소만큼이나 거대한 괴물을 뭐라고 표현해야 한단 말인가.

이건 정말 말이 안 되잖아!

곤의 머릿속이 마구 헝클어졌다.

크르르르르.

늑대들이 고개를 돌렸다.

곤은 숨을 멈췄다.

제발 놈의 후각이 민감하지 않기를 바랄 뿐이다. 바람이 불어 자신의 체취를 놈의 후각에 밀어 넣게 되면 상황은 돌이킬 수 없게 된다.

놈이 이곳을 바라본다면 도망칠 시간도 벌지 못하고 갈기갈기 찢기고 말 테니까.

시간아 가라.

귓가에서 째깍째깍 시계 초침이 돌아가는 느낌이 들 정도이다.

늘대들은 나무 밑을 서성거리더니 수풀 너머로 사라졌다.

끼리리릭, 끼리리릭.

끼기기기기기긱.

잠시 후, 언제 그랬냐는 듯이 괴이한 소리를 내는 벌레들도 울기 시작했다.

"푸하하하하."

곤은 참고 있던 숨을 크게 내쉬었다. 너무도 긴장해서 얼굴색까지 변했다.

방금 전 자신의 목숨이 죽음의 문턱을 넘지 않고 버텼다는 것을 뼈저리게 느꼈다.

그는 반쯤 부서져서 금방이라도 지상으로 추락할 것만 같은 달을 바라보았다.

달의 표면에 혜인의 얼굴이 떠올랐다. 그녀가 곤을 보며 밝게 웃고 있다. 그녀가 '어디야? 어서 와. 보고 싶단 말이야' 라고 말하는 듯했다.

"혜인아, 나 정말 너에게 갈 수는 있는 걸까."

곤은 밀려오는 불안감을 도저히 지울 수가 없었다.

Chapter 2. 생존 본능

새벽 동이 튼다.

괴이한 곳이기는 하지만 해가 뜨는 것만은 조선과 다를 바가 없었다. 태양은 모든 생명체에게 신선한 생명력을 불어넣어 주었다.

무섭게만 느껴지던 거대한 수풀이 싱그럽게 기지개를 폈다.

하늘을 향해서 뻗어 있는 바오밥 나무들과 생전 처음 보는 희한한 식물들은 곤의 감탄사를 이끌어내기에 충분했다.

곤은 노끈을 풀고 보따리에 넣은 후 나무에서 내려왔다. 나무 위에서 잤기 때문인지 온몸이 뻐근했다.

그는 천천히 근육을 풀어주었다.

그러고는 자리에 앉아서 가부좌를 틀었다. 어릴 적부터 해

오던 습관이다. 길면 한두 시간, 짧으면 10분 정도 참선을 한다.

지금처럼 상황이 복잡할 때 참선은 큰 도움이 된다. 참선은 꼬인 상황을 다시 한 번 인식하게 하고 해결의 실마리를 제공해 주었다. 또한 참선을 하면 할수록 무거웠던 몸이 가벼워졌다.

아무래도 무학 스님이 가르쳐 준 호흡법에 그 비결이 있는 것 같았다.

참선을 마친 곤은 자리에서 일어났다. 겨우 10분 정도 했을 뿐인데 그의 이마에는 송골송골 땀이 맺혀 있다. 땀에서 시큼한 냄새가 났다.

그의 육체에 쌓인 나쁜 기운이 빠져나간 증거였다.

꼬로로록.

참선을 하고 나자 배가 무척이나 고팠다. 보따리에 있는 큼직한 크기의 육포가 떠올랐다. 당장에라도 보따리를 열어 육포를 한입 물고 싶었다.

하나 이내 고개를 가로저었다.

육포는 최대한 아껴둘 생각이다. 이곳이 어딘지 모르는 상황에서 아끼는 식량을 가장 먼저 먹어치울 필요는 없었다.

그는 나무뿌리를 뒤졌다.

어릴 적에 동무들과 함께 달래, 산도라지, 칡뿌리 등을 캐서 먹은 기억이 났다.

달래는 이른 봄에 찾을 수 있었다.

달래를 물에 씻어서 고추장에 찍어 먹으면 참으로 별미였다.

별다른 주전부리가 없는 절에서 달래와 산도라지, 칡은 꽤나 입맛을 돋우는 음식이었다.

하지만 이곳에서는 달래를 찾을 수가 없었다.

대신 도라지와 칡 종류의 식물은 있었다.

곤은 그 식물들을 혀끝에 대보았다.

혹시 있을 독성에 대비해서이다. 독성이 강한 풀과 뿌리, 버섯은 한입만 먹어도 심한 마비가 온다. 잘못 먹으면 목숨을 잃을 수도 있었다.

그렇기에 혀끝만 대보는 것이다. 혀끝이 찌릿찌릿하면 침을 뱉고 입안을 물로 행구면 된다.

다행히 독성은 없는지 도라지와 칡에 혀끝을 대자 향긋한 풀 냄새가 풍겼다.

흙을 씻을 수 있는 물은 없었다.

곤은 도라지와 칡에 묻은 흙을 털어서 바지에 문지른 후 먹었다.

입안에서 흙냄새가 진동한다. 그럼에도 워낙 배가 고픈 터라 냄새에 대해서 신경 쓸 겨를이 없었다.

도라지 두 뿌리를 모두 먹었다. 그럼에도 배고픔은 쉽게 가시지 않았다. 더 먹을까도 했지만 여기서 멈추기로 했다.

극심한 공복에 도라지나 칡을 생으로 먹게 되면 반드시 설사를 한다.

설사를 하게 되면 수분이 빠져나간다. 수분을 잃는 바보 같은 짓은 할 수 없었다.

지금 가진 물은 겨우 하루를 버틸 수 있는 양이다. 식량은 없어도 버틸 수 있지만 물이 없으면 버티지 못한다.

최대한 아껴야 했다.

그는 가죽 물주머니의 뚜껑을 열고 물을 한 모금 마셨다.

맛이 꿀과 같았다.

목구멍으로 시원하게 넘어갔다.

한 모금을 마셨을 뿐인데 가죽 물주머니의 무게가 상당히 가벼워졌다.

너무 많이 마셨다고 후회했지만 이미 늦었다. 남은 물을 아껴서 마실 수밖에 없었다.

보따리를 단단하게 맨 곤은 방향을 알아봤다.

바위 밑을 살피자 이끼가 보인다.

이끼가 많이 낀 쪽이 북쪽이라는 것은 어릴 적의 경험으로 알 수 있었다. 산에서 살고 놀았던 경험이 그에게 꽤나 도움이 되었다.

하지만 방향을 알았다고 해서 해결된 것은 아니었다. 일단 자신이 어디에 있는지 알 수가 없었다.

어디로 가야 하얼빈이나 연변이 나오는지, 도로가 나오는지, 민가가 나오는지 전혀 알 수가 없었다.

이럴 때는 능선을 타고 내려가야 한다.

하나 능선이 어디 있는지 모르니 일단 산을 올라서 능선이 있는 곳을 확인해야 했다.

시간은 걸리겠지만 무작정 밑으로 향하는 것은 위험천만한

일이었다. 미로처럼 뻗어 있는 정글에서 영원히 헤맬 가능성
도 없지 않았다.

더군다나 어젯밤에 본 사나운 동물도 곳곳에 돌아다니지 않
겠는가.

정말로 그 동물이 늑대였을까?

곤은 고개를 흔들었다. 밤이라서 잘못 봤을 수도 있었다. 세
상에 이빨이 그토록 긴 늑대가 어디 있고 덩치 큰 늑대가 어디
있다는 말인가.

그가 모르는 어떤 동물일 가능성이 높았다.

세상은 넓으니까.

그렇게 생각하기로 했다. 그렇지 않으면 말이 되지 않았다.

곤은 능선을 찾기 위해 산 위쪽으로 향했다.

길이 없어 만들어 가야 했다. 수풀을 손으로 헤치고 가니 손
등과 손바닥에 생채기가 났다. 마음과는 다르게 걸음도 무척
이나 더뎠다.

시간이 갈수록 햇살은 따갑게 내리쬐었다.

무척이나 습해서 숨도 턱턱 막혔다.

이마에 땀방울이 맺히고 곧 온몸이 젖었다.

정오가 됐는지 태양은 정수리 부근에 와 있다. 점점 더위가
심해졌다. 정장 상의를 벗어 보따리에 넣었다.

사고가 일어날 당시 분명 겨울이었는데 어찌 이런 일이 발
생한 것일까.

빨리 누군가를 만나고 싶었다.

누군가를 만나서 이곳이 어디인지, 중국이 맞는지, 조선으로 가려면 어떡해야 하는지 물어보고 싶었다.

땀을 너무 많이 흘렸기 때문인지 갈증이 심해졌다. 남은 물은 아껴야 하기에 마실 수가 없었다. 최소한 계곡을 발견할 때까지는 참을 생각이다.

그는 칡뿌리를 입에 넣고 씹으며 침을 냈다. 침이 나오자 조금은 갈증이 가라앉았다.

후둑후둑.

그때 곤의 얼굴 위로 빗방울이 떨어졌다.

온몸이 땀에 젖었기에 차가운 물방울은 그에게 시원한 청량감을 주었다.

고개를 들어 하늘을 바라봤다. 방금 전까지 뜨겁게 내리쬐던 태양이 거대한 먹구름에 가려졌다.

쿠르르릉!

번개가 쳤다.

천둥도 동반했다.

조금씩 내리던 빗줄기는 갑자기 굵어지며 엄청난 양을 뿌려댔다.

"세상에……."

이런 양의 비는 처음 본다. 마치 하늘에 구멍이 뚫린 것처럼 빗방울이 쏟아진다.

그는 거대한 바오밥 나무 밑으로 몸을 숨겼다.

살짝 손바닥을 떨어지는 빗줄기 사이로 넣어보자 밑으로 딸려 내려간다.

기가 찰 노릇이다.

열대지방에서 내리는 세찬 소나기라는 스콜보다 위력이 배는 강한 듯했다.

나무에서 나갈 엄두도 나지 않았다. 잠시 비가 멈추기를 기다렸다.

드드드드드!

몰아치는 비바람 소리를 뚫고 진동이 느껴졌다. 무척이나 귀에 거슬리는 진동이다.

곤은 진동이 울리는 곳을 향해서 고개를 돌렸다.

"저, 저, 저… 마, 말도 안 돼."

곤의 입이 떡 벌어졌다.

그가 바라본 곳에서는 빗물이 불어나 흙탕물이 밀려 내려오고 있었다.

흙탕물은 점점 불어났다. 불어난 흙탕물은 주변의 모든 것을 한꺼번에 집어삼키며 곤이 있는 방향으로 빠르게 다가왔다.

산사태, 눈사태가 일어난 것과 비슷했다.

그는 도망칠 길을 찾기 위해 빠르게 주위를 훑었다. 이미 늦었다.

다른 곳도 불어난 빗물에 휩쓸리고 있었다. 작은 나무들은 눈 깜짝할 사이에 흙탕물에 휩쓸려 사라졌다.

이대로 죽는 건가.

그럴 수는 없었다.

죽을 때 죽더라도 천종산삼을 혜인에게 넘기고 죽어야 한다.

그때까지는 절대로 죽을 수 없었다.

쿠쿠쿠쿠쿠쿠쿠!

곤은 바오밥 나무를 타고 올라갔다. 표면이 무척이나 미끄러워서 올라가기가 쉽지 않았다. 몇 번이나 밑으로 주르륵 미끄러졌다.

마음이 급해졌다. 이대로 있다가는 저 흙탕물에 휩쓸리고 말 것이다.

곤이 올라서 있는 바오밥을 닮은 나무들은 그런대로 버텨주었다.

몸통의 굵기가 열 명 정도의 어른이 양팔을 벌려 안아야 할 만큼이나 두껍다.

당연히 뿌리도 단단하게 박혀 있을 것이다.

그는 노끈을 꺼내서 가지와 허리를 묶었다. 단단히 묶였는지 노끈을 흔들어보았다.

가지에서 떨어진다고 하더라도 몇 분 정도는 버틸 수 있을 정도로 단단하게 묶였다.

그사이 흙탕물이 밀고 내려왔다.

쏴아아아!

흙탕물은 순식간에 나무 밑동을 훑고 지나갔다. 강한 수압 때문인지 엄청난 두께를 자랑하는 바오밥 나무가 좌우로 마구 흔들렸다.

곤은 나뭇가지를 강하게 움켜잡았다.

떨어지면 흙탕물에 휩쓸려 뼈도 추리지 못한다.

흙탕물은 빠르게 주위를 훑고 지나갔다. 더 이상 불어난 흙탕물은 내려오지 않았다. 움츠리고 있던 식물들이 다시 기지개를 켠다.

비도 그쳤다.

언제 그랬냐는 듯이 먹구름은 사라지고 태양이 밝게 떠 있다.

"도대체 이건 뭐야?"

곤은 거칠게 숨을 내쉬었다.

잠시 동안 나무에서 내려오지 못했다. 마음이 심란해졌다. 그는 몇 번이나 양팔을 벌리고 심호흡을 했다.

이럴 때일수록 정신을 바짝 차려야 한다.

마음을 가라앉힌 후 나무에서 내려온 그는 다시 산 정상을 향해서 걷기 시작했다.

*　　　*　　　*

"제발 꿈이라면 깨어다오. 제발."

곤은 사흘 만에 산 정상에 도착하고 난 후 경악을 금치 못했다.

이곳까지 오는 동안 두 번이나 스콜을 더 만났고 나무 위에 재빠르게 올라 몸을 숨겨야 했다.

비가 이토록 위험한지 처음으로 알았다. 억수같이 내리던 비는 금방 불어났고, 나무 위로 올라가지 않았으면 순식간에 휘말리고 말았을 것이다.

그나마 다행인 것은 스콜로 인해서 식수는 어느 정도 해결할 수가 있었다는 것이다.

하지만 찾아오는 배고픔은 어쩔 수가 없었다. 산 밑에서 캔 산도라지와 칡뿌리는 모두 먹었다. 산 위로 올라갈수록 먹을 수 있는 뿌리는 찾기 어려웠다.

한번 혀를 잘못 댔다가 입술이 크게 부어올라서 몇 시간이나 고생했다.

워낙 독성이 강해 혀끝을 대보기도 두려웠다.

그러다 보니 식물의 뿌리는 멀리하게 되었다. 배고픔은 극에 달했다. 종종 나타나는 동물들은 그의 능력으론 잡을 수가 없었다.

일단 너무나 위험했다.

토끼라도 있으면 좋으련만 한 마리도 보지 못했다.

산 정상에 올라 능선만 확인하면 육포를 먹을 생각이었다.

한데 그가 산 정상에 올라서 본 풍경은 경악을 넘어서 이제까지 한 번도 상상하지 못한 광경이었다.

콰콰콰콰콰콰콰!

거대한 물보라.

끝없이 떨어지는 물줄기.

물길이 뒤섞여 휘몰아치며 거대한 소용돌이를 만들어냈다.

곤은 굳어버린 채 움직이지 못했다. 그는 슬쩍 발밑을 보았다.

까마득한 절벽이다. 이렇게 높은 절벽은 머리털 나고 나서 처음 보았다.

더군다나 절벽을 타고 흘러내리는 거대한 폭포.

그렇게 많은 물이 쏟아지고 있음에도 반도 채 떨어지지 못하고 허공에서 안개로 흩날리고 만다.

곤은 뼈저리게 공포를 느꼈다.

높이만 하더라도 수백 미터.

이런 폭포는 상상도 해본 적이 없다.

대국이라는 중국에서도 이렇게 거대한 폭포가 있다는 말은 듣지 못했다. 점점 이곳이 만주가 아닐지도 모른다는 불안감이 엄습했다.

가장 두려운 것은 이곳이 어디인지 알 수가 없다는 것이었다.

이곳이 어디인지 알기라도 한다면 이렇게 답답하지는 않을 것 같았다.

"도대체 나는 어디에 있는 거지? 무슨 일이 벌어진 거야?"

머리를 쥐어뜯고 싶은 심정이었다.

"나는 어디에 있는 것일까."

그는 주변에 흩어져 있는 바위에 아무렇게나 걸터앉았다.

몸에 힘이 빠져서 도저히 서 있을 수가 없었다.

산 정상까지만 오르면 최소한 마을이라도 보일 것이라 생각
했다.

그의 작은 소망은 무참하게 무너지고 말았다.

꼬로로록.

이런 상황인데도 배는 아우성이다.

뱃가죽이 등에 달라붙는 것만 같았다.

어제부터 먹은 것이 없으니 당연하겠지. 보따리에 든 것은
고작 육포 두 개. 이틀은 버틸 수 있을까?

지금까지 아껴뒀지만 하나는 먹기로 했다.

몸에 기운이 하나도 없어서 더 먹지 않았다가는 버틸 수가
없었다. 곤은 육포를 조심스럽게 꺼냈다. 먹음직스러운 육포
가 모습을 드러냈다.

꿀꺽.

너무나 배가 고파서인지 배꼽시계는 자명종처럼 계속해서
울려댔다.

그는 입을 벌리고 육포를 한입 물었다. 입안에서 달콤한 육
즙의 맛이 혀를 녹였다.

다시는 느껴보지 못할 맛이다.

도저히 아까워서 한입에 목구멍으로 넘기지 못했다. 천천히
맛을 음미했다. 입안에서 육질이 완전히 녹을 때까지 기다렸
다.

스르륵.

순간 곤의 움직임이 우뚝 멈췄다. 분명 뒤편에서 인기척이

느껴졌다.

그 인기척이 점점 다가오고 있다.

등줄기가 오싹해졌다.

무학 스님께 배운 평정심을 유지하려고 애써보지만 쉽지가
않았다.

뒤편에서 흙냄새가 났다.

축축하고 곰팡이에 젖어 있는 흙냄새.

스르르륵.

그 무엇이 어깨를 타고 올라왔다.

"으아아악!"

곤은 앞으로 고꾸라지듯이 튕겨져 나와 몇 번이나 바닥을
굴렀다. 그는 곧바로 일어나서 어깨 위로 올라온 그것을 보았
다.

그것은 바닥에 떨어진 육포를 흡인하고는 천천히 바닥 속으
로 물이 스며들 듯이 사라져 갔다.

"지, 지렁이."

거대한 그것은 분명 지렁이였다.

지렁이가 바닥에서 흐느적거리며 튀어나와 육포를 먹어치
우고 있었다.

어쩌면 자신을 잡아먹으려 한 것인지도 모른다.

다행히도 거대한 지렁이는 육포만 문 채 흙 속으로 사라졌
다.

아니, 사라진 줄 알았다.

이번에는 십여 마리가 넘는 지렁이가 바닥을 뚫고 나타나 곧장 곤에게로 다가왔다. 서로가 뒤엉켜 있음에도 아랑곳하지 않고 빠르게 다가온다.

몇 마리는 뒤엉켜 서로를 물어뜯기도 했다.

축축한 비린내가 사방으로 퍼졌다.

지렁이들이 입을 벌리자 둥글게 난 날카로운 이빨이 가시처럼 돋아 있다.

이빨들이 부딪쳤다.

쉴 새 없이 따각따각 소리를 냈다.

어느새 놈들은 곤을 포위했다. 거대한 지렁이들이 주위를 가득 메우자 그는 도망칠 방도가 없었다. 역한 흙냄새가 그의 머리를 아프게 했다.

"그래, 괴물들, 한번 해보자. 내가 죽나, 너희가 죽나."

곤은 군용 나이프를 꺼내 손아귀에 쥐었다.

정말로 끔찍하게 생긴 괴물들이다.

놈들이 이빨이 계속해서 따각따각 부딪치며 곤에게로 다가왔다.

쉬이익―

가장 선두에 서 있던 지렁이가 아가리를 벌리며 곤을 물려했다.

곤은 급히 상체를 숙였다.

등 뒤로 놈의 아가리가 지나가는 것이 느껴졌다. 곤은 군용 나이프를 이용해 놈의 옆구리를 찔렀다.

사실 옆구리인지 머리인지 구별이 가지 않았다.

그냥 찌를 뿐이었다.

푸식!

생각보다 놈의 가죽은 두껍지 않았다. 살이 양쪽으로 벌어지며 녹색 피가 튀어 곤의 얼굴을 적셨다.

"크흑."

엄청나게 따끔거렸다.

불로 지지는 듯한 느낌이다.

"빌어먹을."

놈의 피에 독이 들어 있다. 아니면 강력한 산 성분이 들어있든지.

빨리 씻지 않으면 큰일이 날지도 몰랐다.

치이이이익—

거대한 지렁이들이 곤의 주변을 감쌌다.

그러고는 뭔가 냄새를 맡는 듯한 형상을 취했다. 이윽고 놈들은 슬금슬금 물러나기 시작했다.

왜?

두 번 생각할 겨를이 없었다. 곤은 있는 힘을 다해 괴물들에게서 멀어졌다.

지렁이들은 그를 쫓아오는가 싶더니 이내 자신들이 나온 곳으로 돌아갔다.

다행이다.

곤은 무조건 뛰었다.

공포가 온몸을 휘감아 냉정을 찾기가 어려웠다. 그저 이곳에서 벗어나고 싶을 뿐이었다.

얼굴이 아직도 화끈거렸다.

그는 뛰면서 몇 번이나 굴렀다. 넘어지자마자 작은 벌레들이 그의 몸 위로 기어 올라왔다. 개미처럼 보이지만 조금은 달랐다.

엄지손가락 크기의 개미였다. 입 주위에 번뜩이는 집게가 소름 돋았다.

개미의 색 또한 등골을 오싹하게 만들었다. 붉고 거무튀튀한 게 섞여 있는 기이한 색이었다.

불길함을 느낀 곤은 곧장 일어나서 개미들을 털어냈다. 그의 몸에서 수십 마리의 개미가 우수수 떨어졌다. 물린 곳은 없는 모양이었다.

그의 발밑으로 수백 마리의 개미가 몰려들었다. 개미의 숫자는 점차 많아졌다.

"흐읍."

멀지 않은 곳에 거대한 동물의 사체가 보였다. 족히 황소 크기는 될 정도로 커 보인다. 무슨 동물인지는 알 수가 없었다.

개미들의 의해서 낱낱이 분해되고 있었으니까.

이곳에 있으면 안 되었다.

그는 계속해서 뛰어 내려갔다. 뒷덜미에서 거대 개미와 지렁이가 쫓아오는 것만 같았다.

"빌어먹을! 이게 말이 돼? 이건 꿈이야. 꿈이 아니라면 이럴 수가 없어."

연신 욕설이 튀어나왔다.

넝쿨에 걸려서 다시 한 번 넘어졌다. 정강이가 돌에 부딪쳐 무척이나 아팠다. 그럼에도 그는 계속 달렸다. 어서 이곳을 벗어나고 싶은 생각뿐이었다.

그나마 다행인 것은 그의 머릿속에 폭포 위에서 본 풍경이 새겨져 있었다.

그가 서 있던 곳에서 북서쪽에 분명 호수가 있었다. 능선을 타고 가면 호수에 다다를 것이다.

물은 모든 생명의 근원이다. 동물들도 그렇지만 인간도 다르지 않았다.

호수, 강이 있는 곳에는 반드시 인간이 살고 있다. 인간들이 사는 마을이 있을 것이라 확신했다.

능선을 타야 해.

머리엔 오직 그 생각뿐이었다.

얼마나 쉬지 않고 달려왔는지 감을 잡을 수가 없었다. 그는 거칠게 숨을 내쉬며 뒤를 돌아봤다. 아무것도 없었다. 무엇도 그를 쫓아오지 않았다.

그제야 숨을 고를 수가 있었다.

위가 무척이나 아팠다.

그는 수통을 열어 물을 마셨다.

하지만 수통의 물을 반쯤 마셔도 통증은 사라지지 않았다.

등줄기에서 식은땀이 줄줄 흘러내렸다.

세상에서 가장 위험한 곳에 홀로 서 있는 것 같았다.

너무도 위험한 곳이다.

"어서 능선을 찾아야 해."

그렇게 해야만 이곳에서 벗어날 수가 있다고 믿었다. 그렇게라도 믿지 않으면 미쳐 버릴 것만 같았다.

산에서 내려온 지 며칠이 지났는지도 모르겠다.

손등의 붓기와 얼굴의 쓰라림은 가라앉았다. 반나절 동안 심하게 열이 났지만 하루가 지나자 언제 그랬냐는 듯 통증이 사라졌다.

능선은 찾지 못했다.

산 밑으로 내려올수록 위험은 커져만 갔다.

식물, 동물, 작은 곤충까지 위험하지 않은 것이 없었다. 어제는 모기와 사투를 벌였다.

거의 모든 나무가 무척이나 크고 높기에 동물의 습격에서는 안전하다고 생각했지만 꼭 그런 것만은 아니었다.

가장 큰 위험은 언제부터인가 들리는 늑대 소리였다. 늑대는 점점 가까워졌다가 멀어지기를 매일 밤 반복했다.

그것은 엄청난 스트레스였다.

그렇지 않아도 척박한 환경에 놓여 극한의 정신력으로 버티고 있는 곤이다.

잠이라도 제대로 잘 수 있다면 어느 정도 체력과 정신력이 충전될 테지만 지금은 그럴 수도 없었다. 체력과 정신력 모두

바닥을 쳤다.

"우에에에엑!"

너무 먹은 것이 없어서일까, 아니면 모기에게 너무나 많이 물려서일까, 그것도 아니면 늑대 울음소리에 잠을 이루지 못했기 때문일까.

곤은 양쪽 무릎에 손바닥을 대고 헛구역질을 했다. 먹은 것이 없으니 뭔가가 나올 리가 없었다.

그런데도 그는 몇 발자국을 옮기지 못하고 또다시 헛구역질을 했다.

머리가 빙글빙글 돌고 몸이 무거워졌다.

"죽지 않아. 절대로 죽지 않는다."

이마에 손을 대보았다. 열이 펄펄 끓고 있었다. 몸 상태가 좋지 않았다.

하긴 며칠째 거의 먹지도 못하고 쉴 새 없이 움직였으니 탈이 나도 진작 났어야 했다.

지금까지 버틴 것만 해도 기적이었다.

하지만 마땅히 먹을 수 있는 것이 없었다. 어젯밤에 육포 반쪽을 먹기는 했지만 그것으로 허기가 사라질 리 만무했다.

사방에 먹을 것이 많아 보이지만 막상 대부분이 먹을 수가 없었다.

버섯이라도 있으면 좋으련만 그것도 보이지 않았다. 종종 눈에 띄는 버섯들은 누가 봐도 '나 독버섯이니 먹지 마시오'라고 경고하는 듯했다.

그는 바위 위에 털썩 주저앉았다. 앉기 전에 주변에 지렁이가 있는지 살펴보는 것도 잊지 않았다.

등을 바위에 기댔다.

몸이 무거운 것도 모자라 온몸에 열이 나고 욱신거려 도저히 움직일 수가 없었다. 근육이 비명을 질러댔다.

바위의 차가운 기운이 전해지자 펄펄 끓던 열이 조금은 가라앉았다.

의지로는 눈을 뜨고 있을 수가 없었다.

'눈을 감으면 안 돼. 절대로, 절대로 감으면 안 돼. 위험해. 위험하단 말이야' 라고 되뇌지만 감기는 눈꺼풀의 무거움을 감당할 수가 없었다.

눈이 감겼다.

잠시간 그는 너무도 보고 싶은 그녀를 만날 수가 있었다.

Chapter 3. 동행

어김없이 동이 텄다.

태양이 세상을 밝게 비치자 곤은 어느 정도 마음을 놓았다.

주변에서 어떤 짐승의 움직임도 느껴지지 않았기 때문이다.
며칠 전부터는 끈덕지게 따라붙던 벌레들도 보이지 않았다.
그의 입장에서는 천만다행한 일이 아닐 수 없었다.

꼬로로록.

긴장이 풀렸기 때문일까.

심한 허기가 밀려왔다.

그는 보따리에서 수통을 꺼냈다. 수통에는 물이 반도 남아
있지 않았다.

허기를 대신해서 물을 자주 마셨기에 얼마 남지 않은 것이다.

젠장, 너무 오래 굶었다.

현기증이 심하게 일었다. 어제보다는 낫지만 지금도 몸이 무겁기는 마찬가지였다. 그렇다고 계속 바오밥 나무 위에 있을 수는 없었다.

그는 혹시 모를 위험에 대비해 주변을 살피며 천천히 나무에서 내려왔다.

주변에 위험이 없다는 것을 확인한 곤은 능선을 찾기 위해서 걸음을 옮겼다.

밑으로 내려가다 보면 언젠가 물소리를 들을 것이라는 작은 희망을 품고.

"헉헉헉."

정오가 되자 태양빛은 더욱 강해졌다. 햇볕만 뜨거우면 그나마 견딜 만할 텐데 숨이 턱턱 막히는 습한 날씨가 그를 괴롭혔다.

이미 남은 물도 모두 마셔 버렸다. 비도 내리지 않았다. 대신 햇빛의 강도가 더 강해졌다.

현기증이 심해졌다.

한 발을 내딛기가 힘들 정도이다.

그는 나무에 손을 대고 숨을 거칠게 쉬었다. 이러다가는 굶어 죽을지도 모르겠다. 무엇이든 입으로 가져가고 싶었다.

"조금만, 조금만 더 가면 능선을 찾을 수 있을 거야."

능선을 찾아서 계곡을 따라 내려가기만 하면 호수가 나온다.

그전에 계곡에서 식량을 조달할 수 있을 것이다. 작은 피라미라도 좋다. 작은 가재도 좋다. 뭔가를 입에 넣고 씹을 수만 있다면.

"빌어먹을, 빌어먹을."

도저히 걸을 힘이 나지 않았다.

이럴 때 맹수라도 만난다면 큰일이 아닐 수 없었다. 뭔가 방도를 찾아야 했다.

그는 걸음을 멈추고 주변 숲을 뒤졌다.

어느 정도 밑으로 내려왔으니 산도라지나 칡뿌리라도 나오지 않을까 해서였다.

하지만 곤이 바라는 식물 뿌리는 보이지 않았다.

씹을 수 있는 것이라면 어떤 것이라도 상관없었다.

곤의 눈이 커졌다.

버섯이다.

이곳에도 버섯이 있었다.

버섯은 썩어버린 나무등치에 가득 피어 있었다. 곤은 버섯이 있는 곳으로 다가갔다.

무학 스님께 배웠기에 어떤 것이 식용인지 알고 있다.

겉모습을 보니 느타리버섯과 비슷했다. 하지만 안심할 수는 없었다. 느타리버섯과 화경버섯의 겉모습이 매우 흡사하기에 확인을 해야만 했다.

그는 군용 나이프로 버섯의 표면을 잘랐다. 반점이 있으면 독버섯이다. 다행히도 없었다.

그러나 주름살은 양쪽 모두 비슷한 것이 없었다.

느타리버섯은 주름살이 백색이지만 독버섯은 담황색이다. 하지만 이 버섯의 주름살은 노란색이었다.

곤은 잠시 머뭇거렸다.

심한 허기에 머리가 돌 것 같았다. 당장에라도 입에 집어넣고 싶었다.

그는 버섯을 따서 혀끝에 대보았다. 마비가 오는지 보기 위함이다.

괜찮다.

아주 향긋한 버섯 향이 코끝을 심하게 파고들 뿐 아무런 증상이 없다.

한입 맛보았다.

역시 아무런 이상이 없다.

안심한 곤은 버섯에 묻은 흙을 대충 털어내고 입으로 가져갔다.

먹고 또 먹는다.

갑작스럽게 들어온 음식물로 인해 위에 통증이 느껴졌다. 그래도 상관없었다. 지금 음식물을 섭취하면 언제 또 먹을 수 있을지 알 수가 없으니 많이 먹어 체력을 쌓아둬야 했다.

상당한 양의 버섯이 나무둥치에 모여 있기에 실컷 먹고 남은 것은 비상식량으로 챙겼다.

그때였다.

복통이 찾아왔다.

속이 찢어지는 느낌이다.

위가 꼬이고 내장이 비명을 질러댔다.

곤은 급히 바지를 내리고 아무 곳에나 엉덩이를 댔다. 쏴아아아 하는 소리와 함께 묽은 변이 밀려나왔다.

거기서 끝난 것이 아니었다.

속이 뒤틀리며 신물이 올라왔다. 억지로 막을 수 있는 성질의 것이 아니었다.

"우에에에에엑!"

노란 액과 버섯 조각이 뒤엉켜서 밖으로 튀어나왔다.

뭔가 잘못됐다. 너무나 배고 고파서 버섯을 헷갈렸던 것일까. 그것은 아니었다. 그가 알고 있는 버섯에 대한 상식과 이곳에 있는 버섯이 애초에 차이가 있었던 것이다.

그가 먹은 것은 독버섯이었다.

곤은 손가락을 목구멍에 넣고 속에 있는 것을 모두 밖으로 배출해 냈다.

"우에에에에에엑!"

쉴 새 없이 신물이 나왔다.

항문을 타고 노란색 액체가 흘러나왔다.

더 이상 버섯 조각은 나오지 않았다.

그렇지만 독이 퍼진 모양이었다. 물도 떨어져 입을 행굴 수도 없었다.

탈진한 곤은 바닥에 쓰러지고 말았다.

그가 토해낸 신물과 묽은 변을 향해서 작은 곤충들이 다가왔다. 엄지손가락만 한 크기의 붉은 개미와 생전 처음 보는 곤충들이 주변을 에워쌌다.

지금 의식을 잃으면 죽는다.

곤은 혀를 깨물었다. 고통이 일자 아주 조금 정신이 돌아왔다.

그러나 몸을 움직일 수가 없었다.

붉은 개미가 그의 몸을 타고 올라왔다. 개미가 그의 종아리를 물었다.

"크으으윽."

따끔한 정도가 아니었다.

물린 종아리가 마비된다.

퉁퉁 붓고 시뻘겋게 변했다. 몇 번 더 물리면 정말 죽을지도 몰랐다.

지금 당장 굳어버린 몸을 풀어야 했다. 그러나 어떤 방도도 없다는 것이 그를 미치게 만들었다.

'산삼, 천종산삼.'

의식을 놓기 직전 그의 뇌리에 천종산삼이 떠올랐다. 손을 간신히 들어 보따리를 열자 천종산삼 향이 흘러나왔다.

향기를 맡은 것만으로도 조금씩 정신이 맑아졌다. 독에 대한 해독이 탁월하다고 하더니 절체절명의 상황에서 더욱 그것을 느꼈다.

곤은 천종산삼 한 뿌리를 꺼내서 입에 물었다.

와작 소리와 함께 산삼 한 부위가 그의 목구멍으로 넘어갔다.

놀라운 일이 벌어졌다.

배고픔도 사라지고 몸에서 활기가 되살아났다. 뒤틀리던 위장의 고통도 씻은 듯이 사라졌다.

수백 마리의 붉은 개미와 곤충들이 그의 발밑까지 몰려왔다.

일단 이곳에서 벗어나야 했다.

곤은 젖 먹던 힘을 다해서 일어났다.

아직 온전하게 마비는 풀리지 않았다.

일어서다 중심이 잡히지 않아 넘어질 뻔했다. 한 손으로 무릎을 잡고 힘을 주었다.

다리가 펴졌다.

그는 무조건 앞을 보고 뛰었다. 등 뒤에서 찌르르르, 찌르르르 소리를 내며 수많은 독충이 뒤따랐다. 등골이 오싹했다.

"빌어먹을!"

곤은 자신이 아는 모든 욕설을 내뱉으며 뛰었다.

조금만 판단이 늦었어도 저 커다란 곤충들에게 휩싸이고 말았을 것이다.

*　　　*　　　*

"정말 희한하군."

며칠 전 삼을 먹은 이후로 체력이 좋아졌다.

이해할 수 없는 현상이었다.

몸이 나아졌다곤 하지만 정글은 만만한 곳이 아니었다.

낮에는 미칠 듯한 더위와 습기를 버텨내기가 힘들었고, 밤에는 모기들로 인해서 잠을 이루지 못했다.

하지만 가끔은 하늘에서 선물을 주기도 했다. 아주 운 좋게 썩은 나무에서 굼벵이 열 마리를 발견했으니.

곤의 머리 위에는 부서진 달이 환하게 떠 있다.

정글이라고 하지만 밝은 달로 인해 피아를 식별하기 어렵지 않았다.

그는 주변을 살핀 후 마른 나뭇가지를 모아 라이터로 불을 붙였다.

"그럼 맛을 볼까."

얼마나 고대하던 시간인가.

그는 나뭇가지에 꿴 굼벵이를 불 위에 올려놓았다. 나뭇가지에 꿰어 있는 상태인데도 굼벵이는 살아 있는지 꿈틀거렸다.

찌리리릑.

찌르르르르릑.

듣기 거북한 벌레들의 울음소리는 진작 시작이 됐다. 시끄러울 정도로 사방에서 울어댔다.

열흘이 넘는 시간 동안 정글에서 헤매다 보니 그가 먹은 벌레들과 숲에서 울리는 벌레들의 소리를 구별할 수가 있었다.

지금 울고 있는 것은 거대한 바퀴벌레가 아니었다. 그것들은 더 이상 곤의 주변에 얼씬도 하지 않았으니까.

찌르르르.

벌레들은 울음을 멈췄다가 다시 울기를 반복했다.

곤은 보따리를 짊어지고 주변을 살폈다.

벌레들이 괜히 그럴 리가 없었다. 뭔가가 주변에 있다는 것을 암시했다.

굼벵이를 먹으려던 곤이 멈췄다.

숨을 고르고 신경을 곤두세우며 주위를 살폈다.

분명 뭔가가 있었다.

보였다.

어둠 속에서 섬뜩한 붉은 눈빛이 번쩍였다.

붉은 눈빛이 옆으로 움직인다. 나무에 가려 사라졌다 나타나기를 반복했다.

곤은 살짝 고개를 숙였다.

어떤 동물의 눈빛인지는 모른다. 하지만 위험하다는 것쯤은 본능으로 알 수가 있었다. 며칠 전부터 계속해서 울어대던 늑대일 가능성이 높았다.

놈들이 무리를 지어 나타났다면 최악의 상황이다.

나무에 가려졌던 붉은 눈빛이 다시 나타났다. 붉은 눈빛이 곤을 쏘아봤다.

마주 보면 안 된다.

크르르르르.

다른 곳에서도 짐승 우는 소리가 들렸다. 늑대와는 약간 다른 소리 같았다.

청각이 예민해진 곤은 그것을 식별할 수가 있었다.

이번에는 시퍼런 야광 눈빛이다. 시퍼런 눈빛은 곤을 바라보고 있지 않았다.

크르르를.

쉬익쉬익.

놈들의 사납고 낮은 울음소리가 넓게 퍼져 나갔다.

겨울 산 얼음 계곡에 몸을 담그고 있는 것 같은 착각이 들었다. 근육이 경직되고 뼈마디가 딱딱해졌다.

배고픔도 사라졌다.

바로 코앞에서 기름기가 좔좔 흐르고 있는 굼벵이 따위는 보이지도 않았다.

곤은 주변을 훑었다. 대체로 낮은 나무들이다. 바오밥 나무처럼 크고 굵은 나무는 상당한 거리에 떨어져 있었다. 어쨌든 멀지 않은 곳에 보였다.

문제는 한 번에 저 나무 위로 올라갈 수 있느냐는 것이다. 만약 제대로 도움닫기를 하지 못해서 미끄러진다면 저것에게 갈기갈기 몸이 찢기고 말 것이다.

크르르를.

놈의 숨소리가 가까이에서 들렸다.

곤은 슬쩍 일어나 한 발씩 뒤로 물러났다. 붉은 안광과 푸른 안광도 점점 다가온다.

그는 심호흡을 했다.

한 호흡이라도 늦으면 한 발이 늦어진다.

지금 놈들과의 거리로 봐서는 한 호흡이 늦으면 끝장이 난다.

셋.

곤은 숫자를 셌다.

둘.

숨을 멈추었다.

그리고 하나.

동시에 그는 젖 먹던 힘을 다해서 뛰었다.

커커커컹! 커커커커컹!

늑대 울음소리가 들렸다. 놈이 곤을 향해서 직선으로 달려들었다.

엄청나게 빠르다.

곤과 늑대와의 거리가 빠르게 좁혀졌다. 바오밥 나무까지의 거리가 그리 멀지 않았지만 지금은 손에 닿을 수 없을 만큼 멀어 보였다.

커커커커커커컹!

바로 등 뒤에서 늑대들의 울음소리가 들렸다.

등골이 오싹했다. 당장에라도 놈들의 이빨과 발톱에 등덜미를 찍힐 것만 같았다.

숨이 턱 밑까지 차올랐다.

곤은 있는 힘을 다해서 도움닫기를 했다. 그의 몸이 붕 떠오르며 바오밥 나무에 걸쳐졌다. 그는 사력을 다해서 나무 위로 올라갔다.

동시에 그의 옆으로 무엇인가 푸른 안광이 스쳐 지나갔다.

캐캐캐캐캥!

등 뒤에서 두 맹수가 뒤엉키는 소리가 들렸다.

그는 무조건 나무 위로 올라갔다.

나무 위로 올라가야만 목숨을 건질 수 있을 테니 다른 것에 신경 쓸 여유가 없었다.

나무에 올라가 간신히 숨을 돌린 곤은 서로 뒤엉켜 있는 두 맹수를 보았다.

"저건 뭐야?"

곤이 생각하던 맹수와는 전혀 다른 존재들이 서로 뒤엉켜 싸우고 있었다.

*　　　*　　　*

늑대와 백호가 한데 뒤엉켜 있다.

상식적으로 생각한다면 늑대가 호랑이를 이길 수는 없다. 호랑이가 휘두른 앞발 공격 한 번에 머리가 박살이 날 테니까.

하지만 늑대가 백호를 상대하고 있었다.

척 봐도 백호는 어렸다. 팔과 다리도 짧고 이빨도 그다지 날카로워 보이지 않았다.

한데 백호는 자신보다 훨씬 덩치가 큰 늑대와 사생결단을 내고 있었다.

백호가 위태로워 보였다.

나무 위에서 그들의 싸움을 지켜보던 곤은 고개를 흔들었다. 아니나 다를까, 놈의 날카로운 발톱이 백호의 배를 그었다.

백호의 배가 쭉 그어지며 피가 튀었다. 피는 백호의 하얀 털을 금방 붉게 물들였다.

큰 상처임에 분명한데도 백호는 신음 소리 한 번 내지 않았다.

백호가 늑대를 노려본다. 마치 원수를 보는 듯한 눈빛이다.

의기양양해진 늑대는 더욱 날카롭게 백호를 공격했다. 배에 큰 상처를 입은 백호는 피하기에도 급급했다.

저대로 두면 당할 것이다.

조선의 영물인 백호. 그런 백호를 이런 곳에서 볼 줄은 몰랐다.

아직도 호랑이를 신으로 모시는 마을이 허다했다. 곤 또한 무학 스님께 호랑이란 인간을 이롭게 하는 존재라 들었다. 그들은 신선과 인간들을 연결해 주는 영적인 동물이었다. 영물이라는 것을 알기에 갈등에 빠졌다.

과연 자신의 힘으로 늑대를 상대할 수 있을까. 솔직히 말하면 확신할 수 없었다.

하지만 계속해서 이어져 온 정글에서의 사투가 약간의 자신감을 가지게 했다.

"에라, 모르겠다."

곤은 나무에서 재빠르게 뛰어내렸다.

아직 늑대는 곤에 대해서 눈치를 채지 못하고 있었다. 놈의 눈빛은 오직 백호에게만 향해 있었다.

군용 나이프를 꺼내 든 곤은 조심스럽게 늑대의 뒤편으로 다가갔다.

멀리서 볼 때보다 가까이 다가가자 늑대의 덩치가 더 크게 느껴졌다.

위압감 또한 상당했다.

"후욱! 후욱."

곤은 길게 심호흡을 했다.

실수를 하면 죽음과 직결된다.

숨을 멈췄다.

그러곤 곤은 곧바로 늑대에게 달려들었다. 단숨에 목덜미를 뚫어서 일격에 제압할 생각이다.

그러나 일은 곤의 생각대로 되지 않았다.

갑자기 늑대가 고개를 돌리는 것이 아닌가. 놈의 눈빛에서는 놀란 기색이라고는 보이지 않았다.

젠장.

정말로 영악한 놈이다.

놈은 자신이 몰래 공격하리라는 것을 예상하고 있었다. 한낱 미물 주제에 함정을 판 것이다.

고개를 돌린 늑대가 아가리를 벌리며 곤에게 덤벼들었다. 놈이 움직이는 속도가 엄청나다. 곤의 반사 신경으로는 도저히 좇을 수가 없을 정도였다.

곤이 뒷걸음질을 쳤다.

크아아앙!

사나운 울음소리와 함께 이빨이 곤의 목덜미를 노렸다. 그는 다급하게 군용 나이프를 휘둘렀다.

늑대는 고개를 숙여 곤의 공격을 피했다. 이놈이 정말 짐승이 맞는지 의아할 정도이다.

놈의 아가리가 사납게 벌어졌다.

날카로운 이빨이 곤의 한쪽 팔을 덥석 물었다.

곤은 들고 있던 군용 나이프를 떨어뜨리고 말았다.

늑대의 이빨이 살과 근육을 찢고 팔뚝에 박히는 것이 느껴졌다.

"크흑."

놈의 이빨에 뼈가 긁힌다. 생전 처음 느껴보는 소름 끼치는 기분이다.

고통 또한 엄청났다.

곤은 이를 악물며 팔을 빼려고 했지만 쉽지가 않았다. 덫에 걸린 것처럼 팔을 빼면 뺄수록 옭아매졌다.

뚫린 근육이 찢어졌다.

어서 놈의 이빨에서 탈출하지 않으면 팔을 잃어버리고 말 것이다.

곤은 남은 한 손으로 늑대의 주둥이를 강하게 때렸다.

퍽!

꿈쩍도 하지 않았다. 그렇다고 포기할 수 없었다.

퍽! 퍽! 퍽! 퍽!

연속으로 주먹을 날려 늑대의 면상에 적중시켰다. 꼼짝도 않던 늑대가 곤을 바라봤다.

놈의 무는 힘이 강해졌다.

"크흐흑."

이러다가는 팔이 절단되고 만다. 하지만 곤이 할 수 있는 것은 아무것도 없었다.

크아아아아왕!

그 순간이었다.

상처를 입고 쓰러져 있던 백호가 벌떡 일어나 늑대의 뒷덜미를 물었다.

상당히 강한 힘인 듯 늑대의 뒷덜미가 젖혀졌다. 곤의 팔뚝을 물고 있는 힘도 약해졌다.

절호의 기회였다.

곤은 다치지 않은 한 팔을 뻗어 군용 나이프를 주웠다. 그리고는 곧바로 늑대의 목덜미를 찔렀다. 푹 소리와 함께 군용 나이프 날이 목젖을 뚫고 들어갔다.

크르르르르!

드디어 놈이 입을 벌렸다.

벌린 입에서 피가래가 들끓었다. 그토록 사납던 놈의 눈빛에서 생기가 사라지고 있었다.

크르르르르르!

놈이 바닥에 주저앉았다. 몇 번이나 몸을 일으켜 세우려고 했지만 소용없었다.

이미 다리에 힘이 풀려 있었다.

곤은 군용 나이프를 든 채 늑대를 노려봤다. 놈에게 물린 팔에서는 피가 뚝뚝 흘러내리고 있었다.

늑대가 바닥에 쓰러져 혀를 축 내밀었다. 그러곤 몇 번 거칠게 숨을 내쉬더니 이내 잠잠해졌다.

정말로 죽은 것일까.

곤은 쓰러져 있는 늑대에게 조심스럽게 다가가 발끝으로 툭툭 쳐보았다.

움직이지 않는다. 몇 번 더 쳐보았지만 마찬가지였다.

죽은 것이 확실했다.

그제야 긴장이 풀리는 곤이다. 긴장이 풀리자 늑대에게 물린 팔에서 통증이 밀려왔다. 그는 어금니를 물며 백호를 바라봤다.

백호는 호기심이 가득한 눈빛으로 곤을 올려다보고 있었다.

*　　*　　*

"으으음."

누군가 자꾸 뺨을 핥는 느낌에 곤은 눈을 떴다.

어느새 아침 해가 밝게 떠서 그의 머리맡을 비추고 있었다. 눈이 부실 정도로 쾌청한 날씨였다.

습한 정글에서 좀처럼 볼 수 없는 날씨이기도 했다.

곤은 바로 옆에서 그의 뺨을 핥고 있는 백호를 바라보았다.

이것은 조선에서도 영물로 취급받는 백호가 틀림없었다.

곤은 어제 일을 생각해 보았다.

늑대를 간신히 죽이기는 했지만 백호는 꽤 큰 상처를 입은 듯했다. 눈처럼 시린 하얀 털이 붉게 물들어 있었으니까.

곤은 백호를 바라보았다.

성체가 되면 사나운 신수가 될 테지만 아직은 어려서 귀여운 느낌이 든다.

"너는 왜 이곳에서 늑대와 싸우고 있었니?"

곤은 백호의 턱을 손가락으로 간질이며 물었다.

크르릉.

백호는 대답 대신 작게 울었다.

서로가 한 적을 맞이해서 싸웠다는 동질감 때문인지 백호는 곤을 적대시하지 않았다.

백호의 배에서 다시 붉은 피가 흘러나왔다.

"어디 상처 좀 보자."

곤은 백호를 자신의 무릎 쪽으로 끌었다.

처음에는 발버둥 치던 백호가 이내 잠잠해졌다. 아무래도 상처 때문에 움직이기 쉽지 않은 모양이었다.

곤은 백호의 배를 살폈다.

상처는 생각보다 심했다.

마치 갈고리로 배를 훑고 지나간 듯하다. 그나마 다행인 것은 생각보다 두꺼운 가죽 덕분에 내장이 쏟아지지 않은 것이다.

곤은 상의를 찢어 백호의 상처 부위를 감쌌다.

백호가 답답한지 버둥거렸다.

"그나저나 어쩌나. 약초가 있어야 이 상처가 덧나지 않을 텐데."

고민이 되었다.

분명히 말해서 백호의 상처를 덧나지 않게 할 수 있는 강력한 약초가 있긴 했다.

그는 눈앞에서 죽을지도 모르는 새끼 백호를 내버릴 수가 없었다.

"좋아. 일단 눈앞의 생명부터 살려야지."

곤은 등에 메고 있던 보따리를 풀었다.

보따리를 풀자 안에서 정신이 번쩍 들게 하는 맑은 향이 흘러나왔다. 백호도 놀랐는지 고개를 들고 천종산삼을 바라보았다.

"음."

이것은 그가 알고 있는 한 최고의 약재니까.

곤은 천종산삼 뿌리 한 조각을 떼어 백호에게 먹였다.

"먹어라, 인석아. 겨우 한 조각이라도 엄청난 효용이 있을 거다. 돈으로 환산할 수 없는 거야."

그의 마음을 알기라도 한 듯 백호는 천종산삼 뿌리를 날름 삼켰다.

크르르, 커억.

참나, 웃기는 놈. 백호가 사람 흉내를 내며 트림을 하다니.

곤은 그런 백호를 보며 빙그레 웃었다. 천종산삼까지 먹였으니 나흘 정도면 상처가 아물 것이다.

"괜찮을 거야. 너무 걱정하지 마."

곤은 백호의 머리를 쓰다듬었다. 백호는 알겠다는 듯이 혀로 곤의 손등을 핥았다.

신통방통한 놈이다.

도대체 어디서 이런 놈이 나타났을꼬.

갑작스럽게 떨어진 정글의 한복판.

질리도록 거대한 벌레들과 납득할 수 없는 기이한 식물들.

만약 백호가 나타나지 않았다면 절망에 가까운 감정을 느끼고 있을지도 몰랐다.

천종산삼의 약효 때문인지 조금씩 흐르던 피가 멎었다.

백호는 답례를 하겠다는 듯이 곤의 상처를 핥았다.

"괜찮아. 이따위 상처, 침 바르면 나을 거야."

곤의 상처를 핥던 백호가 갑자기 수풀로 사라졌다. 곤이 미처 백호를 부르기도 전이다.

"어이, 호랑이, 어디 가? 의리 없이 그냥 가버리네."

곤은 고개를 절레절레 저은 후 군용 나이프로 늑대의 가죽을 벗겼다.

처음으로 잡은 동물이 늑대가 될 줄은 상상도 하지 못했다.

가죽은 말린 후 구두 안쪽에 넣을 생각이다. 그리고 그토록 열망하던 고기를 얻었다. 이 정도 양의 고기라면 보름 이상은 너끈히 버틸 수 있을 것이다.

한참 늑대를 손질하고 있을 때다. 사라졌던 백호가 뭔가를 물고 나타났다.

백호의 입에는 버드나무 잎사귀와 비슷한 나뭇잎이 잔뜩 물려 있었다.

"응? 집에 간 거 아니었어?"

백호가 다가와 곤의 앞에 잎사귀를 놓았다.

"이게 뭐야?"

곤이 물었다.

백호는 곤의 바지를 이빨로 물고 당겨 잎사귀를 들게 했다.

"약초구나."

백호가 가지고 온 것이 무엇인지 곤은 짐작할 수 있었다.

그가 천종산삼을 구하기 위해 대륙과 아라사를 횡단했을 때 종종 짐승들이 상처를 어떻게 치료하는지 본 적이 있다.

그들은 자신들만이 아는 약초를 바르거나 먹었다. 혹은 진흙에 몸을 비비기도 했다.

지금 백호가 가져온 것은 약초 중에 하나일 것이 분명했다.

설마 독초를 가져와서 독살시키려는 의도는 아니겠지.

"고맙다."

곤은 백호의 머리를 쓰다듬어 주었다. 백호는 싫지 않은지 입을 벌리며 눈을 찡긋거렸다.

그는 약초를 돌로 빻아 잘게 만든 다음 상처 부위에 발랐다.

"허, 정말로 약효가 좋구나."

늑대에게 물려 피부는 붓고 시퍼렇게 죽어 있었다. 상처를 치료하지 않고 이대로 내버려 둔다면 반드시 괴사하고 말 것이다.

한데 백호가 가져온 약초를 바르자 한 시간도 되지 않아 붓기가 빠르게 빠지고 있었다.

죽었던 피부도 본래의 색을 되찾았다.

정말로 놀라운 효능이 아닐 수 없었다.

그것이 어제의 일이다. 그리고 둘은 늑대 고기를 나눠 먹고는 잠이 들었다.

깨어나니 팔의 붓기는 거의 빠져 있었다. 움직이기에도 큰 불편함이 없었다. 하루 이틀만 제대로 치료한다면 본래의 기능을 회복하리라 생각했다.

곤은 자리에서 일어났다.

백호가 그의 뒤를 졸졸 따라 움직였다.

"너 가족은 없냐? 왜 나를 따라와?"

끼이이잉.

지가 개인 줄 아는 건가. 왜 자꾸 꼬리를 살랑살랑 흔드는 거야? 백수의 왕이면 왕답게 굴어야지.

그렇게 생각하지만 백호가 밉지 않았다.

솔직한 마음으로는 백호가 계속 자신을 따라왔으면 싶다.

너무 외로웠기 때문이다.

"너 정말 날 쫓아올 거야? 너희 부모님이 널 찾을지도 모른다고."

곤은 백호의 엉덩이를 발로 툭툭 쳤다. 어서 가라는 표현이다.

백호는 삐친 듯이 잠시 앞으로 가더니 이내 돌아와 곤의 옆에 섰다. 고개를 바짝 들고 반짝이는 눈망울로 애처롭게 곤을 쳐다본다.

"너 정말 나 따라갈 거야?"

키이이잉.

곤은 터지려는 웃음을 억지로 참았다.

그가 이곳에 도착한 후 처음으로 짓는 미소였다.

"좋아. 그럼 나중에 후회하지 마?"

크르르르.

"혹여 너희 부모가 너를 잡으러 와서 화가 난다고 날 잡아먹으면 안 된다? 네가 막아줘야 해?"

백호가 다시 고개를 들고 빤히 곤을 바라봤다.

"너 약속했다? 살려줬더니 잡혀 먹으면 얼마나 억울하냐. 어쨌든 이렇게 동행이 된 거, 우리 한번 잘해보자."

그의 말을 알아들었는지 백호는 기지개를 켠 후 길게 울음을 터뜨렸다.

*　　　*　　　*

온갖 독충과 독초들이 득실거리는 정글.

거대한 짐승과 흉악한 벌레들이 가득한 이곳.

부서진 달의 세계.

어떤 강심장을 가진 사람도 갑자기 이런 곳에 홀로 떨어진다면 살아남기가 쉽지 않을 것이다.

이놈이 없었더라면 진작 미쳐서 죽었을지도 모른다.

곤은 부드러운 눈으로 바로 옆에서 같이 걸음을 옮기고 있는 백호를 보았다.

백호와 함께한 지 한 달 가까이 지났다. 겨우 한 달이지만 백호는 훌쩍 자랐다. 이제는 곤이 아이로 보일 지경이다.

얼마 전까지만 해도 제법 귀여웠는데. 곤은 아쉬운 기분이 들었다.

얼마 전부터는 곧잘 하던 애교도 부리지 않았다. 맹수라서 그런 것일까.

백호는 보통의 말 못하는 짐승이 아니었다. 곤을 정글에서 살아남게 해준 소중한 존재였다.

또한 백호는 정글에서의 생존이 무척 뛰어났다. 곤이 독이 있는 식물이라도 뜯으려고 하면 백호가 미리 알아서 차단했다.

참으로 용한 녀석이다.

백호 덕분에 몇 번이나 살았는지 모른다.

지금은 식용으로 먹을 수 있는 몇 가지 식물을 알아냈다. 종종 고기도 먹을 수가 있었다. 백호가 작은 동물들을 잡아서 곤의 앞에 내놓은 덕분이다.

지금도 백호는 새끼 멧돼지를 잡아서 곤에게 가져다주었다.

곤은 새끼 멧돼지를 손질한 후 나뭇가지에 꽂고는 모닥불 위에 올려놓았다.

모닥불을 피우기 위해서는 라이터가 반드시 필요했다. 지금이야 익숙하지만, 처음 라이터로 불을 피웠을 때 백호의 놀라는 모습을 곤은 잊을 수가 없었다.

저 사나운 맹수가 깜짝 놀라 수십 미터를 도망간 후 커다란 나무 뒤에서 고개만 빠끔히 내밀고 쳐다보는 모습이 너무도 귀엽고 우스웠다.

백호는 앞발로 턱을 받친 채 고기가 익는 모습을 보고 있었다. 가끔 하품을 하고는 긴 혀로 입술을 핥기도 했다.

무척 나른해 보였다.

"씽, 맛있겠지?"

곤은 백호의 머리를 쓰다듬은 후 이름을 부르며 물었다.

백호에게 이름을 붙인 것은 처음 만난 다음 날이다. 무작정 호랑아, 백호야 하고 부를 수가 없기에 이름을 붙인 것이다.

씽은 아라사에서 만난 대단한 사냥꾼의 이름이다.

그 추운 시베리아 한복판에서도 칼 한 자루로 한 달을 넘게 버틸 수 있는 능력을 가진 자였다.

곤은 백호가 씽처럼 멋진 사냥꾼이 되길 기원하는 마음에서 그런 이름을 지어주었다.

씽이라는 이름을 가지게 된 백호는 자신의 이름이 마음에 드는지 곤의 뺨을 수십 번이나 핥았다.

곤은 기름기가 쪽 빠진 새끼 멧돼지의 다리 한쪽을 찢은 후 씽 앞에 놓았다.

씽은 멧돼지 다리를 뼈까지 씹어 순식간에 먹어치웠다.

"웃기는 놈."

그런 씽을 보며 곤은 빙그레 미소를 지었다. 언제부터인지 씽은 생고기를 먹지 않았다.

무조건 구운 고기만 먹었다. 입맛이 무척이나 까다로워진 것이다. 얼마 전에는 생고기를 주었더니 으르렁거리면서 고개를 돌려 버렸다.

인간하고 같이 지내더니 저도 인간인지 아는 모양이다.

곤도 멧돼지 한 부위를 잘라서 입안에 넣으며 부서진 달을 올려다보았다.

비록 부서진 달이지만 그가 살던 고향에서의 달보다 몇 배, 아니, 몇십 배나 컸다. 망원경이라도 있다면 달의 내부도 상세히 볼 수 있을 것 같았다.

혜인아⋯⋯.

정말 정말 보고 싶다.

Chapter 4. 죽음의 문턱에서

Myth of Magic power

크르르르릉!

씽은 금방이라도 튀어나갈 것처럼 허리를 숙이고 이빨과 발톱을 세웠다.

곤 역시 군용 나이프를 들고 금방이라도 출수할 수 있게 준비했다.

"씽, 함부로 나서지 마."

곤은 흥분한 씽을 다독였다.

그들의 눈앞에는 10여 마리의 늑대가 흉포한 눈빛을 보이며 서 있었다.

며칠 전부터 울리던 늑대 울음소리의 결과가 이것이다.

사실 점점 다가오는 울음소리에 불안감을 느낀 것은 사실이다.

놈들은 밤이 되자 곤과 씽을 사냥하듯이 붉은 눈을 빛내며 포위했다.

"이봐, 씽. 혹시 저놈들, 우리가 죽인 늑대의 친구들은 아니겠지?"

그럴 가능성은 충분히 있었다.

크르르르룽.

씽은 고개도 돌리지 않고 계속 으르렁거렸다.

"얌마, 너 저놈들과 원수라도 졌냐?"

아무리 영특한 씽이라도 대답할 수 있는 질문이 아니었다.

붉은 안광과 살기를 가득 내뿜는 늑대들이 점점 다가온다.

곤은 군용 나이프를 굳게 쥐었다. 비록 말은 편하게 하고 있지만 내심은 그렇지 않았다. 눈앞에 있는 상대는 저번에 본 늑대보다 훨씬 컸다.

부서진 달의 세계에 도착하고 본 황소 크기의 늑대와도 비슷했다.

솔직히 말해서 승산이 희박했다.

있다면 단 하나.

두목의 목을 최대한 빨리 잘라 버리는 것.

곤은 결론을 내렸다.

사박사박.

강렬한 살기에 비해 늑대들이 걷는 소리는 거의 들리지 않았다.

놈들의 움직임은 은밀했다.

하나 곤의 목적은 놈들과 맞붙는 것이 아니었다. 그의 목적은 이곳에서 살아남아 혜인에게 돌아가는 것이다.

늑대들 따위와 뒤엉켜 싸우다가 죽을 이유는 하나도 없었다.

"분명히 말하지만 이건 네가 나한테 빚지는 거야. 꼭 갚으라고."

곤이 갑자기 뒤로 뛰기 시작했다. 앞으로 튀어나가 늑대들을 공격하려던 씽의 움직임이 멈췄다. 씽은 황당하다는 듯이 벌써 아득히 멀어지고 있는 곤의 뒷모습을 보았다.

씽은 곤과 늑대들을 번갈아 쳐다봤다. 엄청난 살기를 뿌리던 늑대들도 어이가 없는지 멈칫거렸다.

크르르릉.

씽은 입맛을 다셨다. 그러고는 곧바로 곤의 뒤를 쫓아서 뛰기 시작했다.

남은 것은 황소 크기의 흉포한 기운을 내뿜고 있던 늑대들뿐이다.

그들은 잠시 멍한 표정으로 서로를 바라보더니 이내 곤과 씽을 향해서 사나운 울음을 터뜨리며 뒤를 쫓기 시작했다.

*   *   *

놈들은 꽤나 끈질겼다.

매일 밤 단 하루도 빼놓지 않고 놈들은 귀신같이 곤과 씽을 찾아내 습격해 왔다.

놈들의 집요함에 곤은 혀를 내둘렀다. 놈들이 집요하면 할수록 곤과 씽은 지쳐갔다.

놈들의 습격이 시작되고 난 후 그들은 제대로 쉰 적이 한 번도 없었다.

밤이 되면 나무 위로 올라가 노끈을 묶고 잠을 청했다. 하지만 잠은 오지 않았다.

수많은 모기의 습격과 밤새 울어대는 늑대들의 포효는 곤의 신경을 끊임없이 갉아먹었다. 나무 위에서 위태롭게 누워 있는 씽도 마찬가지였다.

제아무리 용맹한 씽이라고 해도 휴식을 취하지 못하니 극도로 민감하게 변했다.

며칠 밤이나 지났을까.

아직 자신은 살아 있는 것일까.

곤의 눈두덩이 푹 꺼져 있다.

광대뼈는 확연하게 도드라지고 입술은 부르텄다. 입술이 바짝 말라서 껍질이 벗겨졌다. 피부는 금방이라도 찢어질 것처럼 푸석푸석했다.

다리는 휘청거리고 자신이 어디를 향해서 걷고 있는지도 몰랐다.

아니, 정확히는 늑대들에게 몰려 늪지대로 들어섰다. 늪지대로 들어선 순간 곤과 씽은 완전히 방향 감각을 상실했다.

밤만 되면 늑대들이 모습을 드러냈다.

섬뜩하고 시퍼런 눈빛을 빛내며 먹이를 찾기 위해 침을 질질 흘렸다.

그들에게 발각되면 산 채로 갈기갈기 찢기고 말리라.

아직까지 살아남은 것이 기적이라고 여겼다. 오직 혜인에게 돌아가겠다는 일념으로 버텼다.

하지만 지금은 체력도 정신력도 한계였다.

건장하던 그는 앙상한 뼈만 남아 있었다.

그의 눈에 흐릿하게 뭔가가 보였다. 물웅덩이 같았다.

물?

신기루인가.

곤은 손을 들어서 눈 주위를 비볐다. 신기루가 아니었다. 그러고 보니 희미하게 물 냄새도 났다.

서 있을 기운도 없지만 이상하게도 감각은 무척이나 예민해졌다.

덕분에 맹수들이 풍기는 노린내를 금방 알아차릴 수가 있었다.

물 냄새도 마찬가지였다.

이제껏 살아오면서 물에서 냄새가 난다는 것을 알지 못했다.

보통 물이라 하면 무색무취라고 생각할 것이다. 하지만 아니었다.

물에서는 분명한 냄새가 났다.

"무, 물……."

발음도 제대로 되지 않았다. 그는 물웅덩이를 향해서 걸어갔다.

곤의 눈에는 오직 물만 보였다.

물에 무엇이 있는지, 변질이 되었는지, 독은 있는지, 마실 수는 있는 건지 그 어떤 것도 머릿속에 떠오르지 않았다.

오직 마시고 싶다는 본능만이 가득했다.

그의 발밑으로 동물들의 사체가 가득 퍼져 있다.

대부분의 사체는 흰 뼈만 남았다. 하지만 곤의 눈에는 그것도 들어오지 않았다.

웅덩이에 도착했다.

철퍽.

무릎을 꿇었다.

혀를 내밀고 물웅덩이로 다가갔다. 다가갈수록 물에서는 심한 냄새가 났다. 사과식초의 향과도 비슷했다. 갈증이 더욱 심해졌다.

크르르릉!

씽이 휘청거리며 다가와 곤의 옆구리를 물고는 밖으로 당겼다.

하지만 씽은 곤을 놓치고 옆으로 넘어지고 말았다.

크르르릉!

씽은 안 된다고 말하고 있었다. 하지만 너무나 심한 갈증으로 그 말이 들리지 않았다.

"무… 무… 물……."

현기증이 난다.

사물의 형체가 흐릿해졌다.

웅덩이에 얼굴이 다가갔을 때 곤은 정신을 잃었다. 순간적으로 의식이 끊겨 버린 것이다. 그의 몸이 웅덩이 안으로 곤두박질쳤다.

그 순간 누군가 나타나 곤의 뒷덜미를 잡아챘다. 조금만 늦었어도 곤은 물웅덩이에 코를 박고 익사했을지도 모른다.

그러고는 쓰러진 그를 질질 끌고 웅덩이에서 벗어났다.

순간 물웅덩이가 움찔거리며 움직였다.

출렁거리며 스멀거렸다.

투명한 액체는 물을 마시다 쓰러져 경련을 일으키고 있던 노루를 감쌌다.

노루가 질질 끌려갔다.

웅덩이 안으로 끌려들어 간 노루의 육체가 조금씩 녹아들었다. 노루의 움직임이 차차 줄어들었다.

*   *   *

타탁타탁.

뭔가가 타는 소리가 들렸다.

타는 소리보다는 고소한 냄새가 곤을 미치게 만들었다. 그가 이 거대한 숲을 헤매면서 몇 번이나 떠올리던 그 냄새였다.

막걸리, 고등어, 된장찌개, 곶감, 시원한 수박 등 많은 것을 머릿속에서 떠올렸지만 가장 먹고 싶은 것은 다름 아닌 흰 쌀밥과 돼지고기였다.

그리고 지금 그가 맡고 있는 냄새는 돼지고기를 구울 때 나는 향과 무척이나 비슷했다.

꿀꺽.

눈을 감고 있음에도 저절로 침이 넘어갔다.

곤은 천천히 눈을 떴다. 또 다른 어둠이 그를 감싸고 있을까 두려웠지만 미친 듯이 밀려오는 허기의 욕구는 그것을 감내하게 만들었다.

눈을 뜨자 엄청난 숫자의 별이 보였다.

그리고 매일 밤 지겹도록 봐온 부서진 달이 밝은 빛을 내며 떠 있다.

왼쪽 편에서 따뜻한 기운이 느껴졌다. 씽이 어느새 다가와 그의 뺨을 혀로 핥고 있었다.

곤은 손을 들어 씽의 머리를 쓰다듬어 주었다.

고개를 돌리자 그의 눈동자에 모닥불이 비쳤다. 모닥불 가운데 지글지글 익고 있는 고기가 보인다. 크기로 봐서는 토끼가 아닌 듯했다.

고기에서 떨어진 기름이 모닥불 불길을 더욱 강하게 했다.

앞에는 한 사내가 앉아 있다.

앉아 있음에도 무척이나 덩치가 큰 사내였다. 어깨의 넓이만 해도 황소의 떡 벌어진 풍채와 비슷했다. 팔뚝의 굵기는 여자의 허리만큼이나 두꺼웠다.

아라사인은 아니다. 그렇다고 대륙인도 아니었다. 생전 처음 보는 종류의 사람이었다. 사람인지 괴물인지도 구별이 가지 않았다.

일단 피부색이 너무도 검었다. 반면 이빨은 너무도 희었다.

머리카락은 고불고불 말려 올라가 두피에 딱 달라붙어 있다.

그는 곤과 씽을 보며 씩 미소를 지었다. 웃는 모습이 무척이나 인상 깊다.

하나 입고 있는 옷은 허름하기 짝이 없었다.

헝겊을 몸에 걸친 듯하다. 하얀색으로 여겨지는 옷은 시커멓다 못해서 때가 엉겨 붙어 있다.

그가 깨어난 곤을 보았다. 밝게 웃는다.

"qnpramadf."

그가 뭐라고 말했다. 그러나 무슨 말인지 알아들을 수가 없었다. 영어는 아니었다. 만주에서 종종 본 아라사나 불란서인의 발음도 아니었다.

혀의 굴림부터 억양, 악센트까지 너무도 생소했다.

하지만 무슨 뜻인지는 알 것 같았다. 아마도 '일어났소?' 라고 말하는 것 같았다.

곤은 자리에서 벌떡 일어나 경계 자세를 취했다. 허리춤에 항상 두었던 군용 나이프의 손잡이를 잡았다. 저자가 허튼짓을 하면 당장에라도 출수할 생각이다.

"dmaldaladlq."

사내가 손을 흔들었다. 아직도 웃는 모습 그대로였다. 행동 거지로 보아 자신에게 악의를 가진 것 같지는 않았다. 그렇다고 덥석 그와 악수를 할 수는 없었다.

세상에서 믿을 수 있는 것은 오직 자신과 혜인뿐이었다.

사내는 자신의 옆자리를 가리켰다.

곤은 상황을 되새겼다. 의식을 잃은 자신을 구해준 것이 저 서양인인 듯하다.

꼬로록.

냄새 때문인지 위장이 난리를 치고 있다.

그 소리를 들은 서양인은 한껏 웃으며 알 수 없는 말을 했다.

씽도 배가 무척이나 고픈 모양이다. 평상시에는 절대로 하지 않을 행동을 했다. 혀를 쑥 내밀고 침을 뚝뚝 흘리고 있다.

경계심을 풀지 않고 곤은 그에게 다가갔다.

언제라도 군용 나이프를 빼낼 수 있게 한 손은 뒤로 향한 채다.

배고픔도 배고픔이지만 목도 많이 말랐다. 염치 불구하고 그에게 물이 있느냐고 물었다.

사내는 고개를 갸웃거렸다. 그 역시 곤의 말을 알아듣지 못하기는 마찬가지였다.

곤은 양손으로 물을 마시는 시늉을 했다.

"dmpadla?"

"물 말이오. 물 좀 있으면 주시겠소?"

사내는 알겠다는 듯한 표정을 짓고는 옆에 있는 가죽 수통을 그에게 건넸다.

가죽 수통을 받은 곤은 뚜껑을 열고 물을 마셨다. 목구멍을 넘어가는 물이 꿀맛이다. 머리까지 청량함이 퍼지는 듯했다.

시원하게 물을 마신 곤은 가죽 수통을 그에게 건네주었다.

"고맙습니다."

역시 알아듣지 못한다.

"mdadlaldgal."

사내는 처음 듣는 언어로 다시 말했다. 곤이 알아듣지 못하자 고기의 뒷다리를 쭉 찢어서 주었다. 고기를 보자 식욕이 마구 동했다.

배에서 꼬로록 하는 소리가 천둥처럼 들려왔다. 어쩐지 창피했다.

사내는 빙그레 웃더니 들고 있던 고기 뒷다리를 흔들었다. 어서 먹으라는 소리 같다.

곤은 고개를 끄덕인 후 고기 뒷다리를 받아 한입을 먹고는 씽에게 주었다.

그동안의 정도 없이 씽은 고기를 게눈 감추듯이 먹어치웠다.

의리 없는 놈.

흑인은 빙그레 웃더니 크게 고기를 잘라 곤에게 주었다.

정글에 떨어지고 나서 처음으로 먹어보는 제대로 된 식사이다.

코로 들어가는지 입으로 들어가는지도 모르고 먹어댔다. 너무나 뜨거워서 혀를 댈 것만 같았지만 개의치 않았다. 당장 죽어도 여한이 없다는 생각이 들 정도로 허겁지겁 고기를 먹어치웠다.

염치도 없이 곤과 씽은 사내가 구운 고기 대부분을 먹어치웠다.

벌컥벌컥.

물까지 한 사발을 마신 후에야 그들의 식사는 멈췄다.

이제야 살 것 같았다.

"꺼억!"

자신도 모르게 트림이 나왔다.

곤은 자리에서 일어나 사내에게 90도로 인사했다. 고맙다는 의사 표시이다. 말은 통하지 않지만 보디랭귀지는 통할 것이다.

"너도 인사해."

곤이 씽에게 말했다.

하지만 씽은 고개를 좌우로 흔들었다. 탈진한 상태였기 때문에 일단 먹긴 했지만 사내를 의심하는 눈빛이 역력한 씽이다.

가르르릉.

씽은 상대를 의심하고 있었다.

"은혜도 모르는 이 자식."

곤이 씽의 뒤통수를 툭 쳤다. 씽이 콧잔등을 실룩거리며 곤을 노려봤다. '왜 쳐?'라는 표정이다.

그들의 모습을 본 흑인은 매우 놀란 표정을 지었다.

"이놈은 신경 쓰지 마세요. 어쨌든 구해주신 점, 정말로 고맙습니다."

비록 말이 통하지는 않지만 의미는 통한 모양이다.

사내는 자신을 가리키며 '카온'이리고 말했다.

"카온?"

곤이 되물었다.

사내는 고개를 끄떡이며 '카온, 카온'이라고 몇 번을 더 말했다.

이제 곤의 차례였다. 그는 자신을 가리키며 '곤'라고 또박또박 말했다.

"곤?"

"그래요. 곤이라고 합니다. 그리고 여기 성격 나쁜 백호는 씽입니다."

서로의 이름을 알게 되었다.

처음으로 만난 사람이다.

살아서 사람을 만날 수 있을 것이라곤 생각하지 않았다.

난파선의 부서진 나뭇조각 하나에 의지해서 망망대해에 떠 있는 느낌이었다.

언제 바닷속에서 상어가 나타날지 모른다는 두려움에 젖어 있었다.

그렇기에 처음으로 사람을 만나자 한시름 놓였다. 하물며 호의를 표하는 사람이라면 더 할 말이 없었다.

씽으로 인해서 외로움을 잊을 수가 있었다면 카온은 집으로 돌아갈 수 있다는 희망을 주었다.

헤인에게 돌아갈 수 있다는 희망을.

이 사람을 좇아가면 마을이 나올 테고 이곳이 어디인지 알 수 있을 것이다.

카온은 곤에게 은인이나 다름없었다.

무척이나 고마웠다.

씽은 뭐가 그렇게 즐거운지 연신 싱글벙글하고 있다. 그는 익히고 있던 고기의 뒷다리를 찢어서 곤에게 주었다.

"dmaldfmald."

"아닙니다. 이제 배가 부릅니다. 괜찮습니다."

"qonladafal."

"정말입니다."

곤은 자신의 배를 탕탕 두드렸다.

둘은 잠이 들 때까지 손과 발을 써가며 대화를 했다. 말이 통하지 않아서 단편적인 정보밖에 알 수가 없었다.

한 가지 확실한 것은 그가 깨어난 정글은 어마어마하게 넓다는 것이다. 또한 길을 모르면 절대로 빠져나갈 수 없다는 것도.

그것은 사실 어느 정도 예상하고 있었다. 씽과 함께 꽤나 오랫동안 정글을 헤맸다.

하지만 그동안 인간의 발자취는 찾을 수가 없었다. 그 말은 인간이 이곳까지 들어온 적이 없다는 것을 의미한다.

새벽이 될 때까지 그들은 대화를 나눴다.

카온을 경계하는 씽은 진작 잠이 들었다. 카온과 약간의 거리를 두고 나무 밑동에 자리를 잡았다.

곤은 모닥불 근처에 낙엽을 깔았다.

정글에서 생활하다 보니 쌓인 경험이다. 낙엽 위에 몸을 누이고 팔짱을 끼었다. 모닥불의 따듯한 기운이 곤의 심신을 나른하게 했다.

늑대들에게 쫓기게 된 후 처음으로 가지게 된 안식이다.

머리를 바닥에 대자마자 의식이 사라졌다.

그는 간만에 그토록 보고 싶던 혜인을 다시 한 번 만날 수가 있었다.

*   *   *

곤과 씽, 카온은 마을을 향해서 걷고 있었다.

씽은 뭐가 불만인지 아직도 카온을 본체만체한다. 몇 번이나 그러지 말라고 했지만 그럴 때마다 크르렁거렸다.

'나 건들지 마'라는 협박으로 들렸다.

어쨌든 여러 날이 지나자 둘의 의사소통은 어느 정도 가능하게 되었다.

카온은 일부러 같은 단어를 반복해서 말했고, 곤은 그 말을 알아들었다.

그는 혼자서 움직이는 사냥꾼이라고 하였다.

이런 정글에 혼자서 움직이는 것이 위험하지 않느냐고 곤이 물었다.

카온은 괜찮다고 대답했다. 혼자서 움직이는 것이 훨씬 편하다고 대답하는 듯했다.

마을은 그들이 있는 곳에서 15일 거리에 있었다. 부서진 달을 가리키며 손가락 다섯 개를 세 번 펴는 것을 보니 십오 일 밤을 자야 한다는 말 같았다.

상당한 시간을 정글에서 헤맸다.

그만큼의 거리는 충분이 인내할 수 있었다.

카온은 꽤나 노련한 사냥꾼이었다.

정글에 대해서 모르는 것이 없는 것 같았다. 곤이 물어보는 어떤 질문에도 척척 대답이 나온다.

곤은 자신이 먹은 버섯을 가리켰다. 그러자 카온은 본인의 목을 부여잡고 죽는 흉내를 냈다. '소리안, 소리안'이라는 말도 몇 번이나 덧붙였다.

독버섯의 이름이 소리안인 셈이다.

그는 식용으로 먹을 수 있는 식물들을 가르쳐 주었다. 이곳에 있는 식물들은 애초에 곤이 알고 있던 식용의 나무뿌리와 완전히 달랐다.

설사를 동반하는 식물, 고열을 동반하는 식물, 마비를 일으키는 식물, 시력을 잃게 하는 식물, 수분을 잃게 만드는 식물, 환상을 보게 만드는 식물 등 무시무시한 식물들이 곳곳에 산재했다.

그러나 카온의 말을 듣고 보니 먹을 수 있는 것도 꽤나 많았다.

그중에 압권은 선인장처럼 가시가 날카로운 식물이었다. 그 것은 겉만 그렇게 보일 뿐 전혀 날카롭지 않았다. 입안에 들어가자 사탕수수와 비슷한 맛이 났다.

카온이 가르쳐 준 것은 그것뿐만이 아니었다.

위험한 것에 대해서도 가르쳐 주었다.

그가 마시려고 한 시큼한 물이 바로 슬라임이라는 동물이었다.

슬라임? 그것 역시 머리털 나고 생전 처음 들어봤다. 천종산삼을 구하기 위해 조선과 아라사, 넓은 중국 대륙을 샅샅이 뒤진 그였지만 슬라임이라는 동물의 이름도, 구경도 해보지 못했다.

카온은 시체가 놓여 있는 물웅덩이로 다가가 커다란 돌을 던졌다.

물이 튀지 않았다.

투명한 액체가 사방으로 퍼졌다가 되돌아왔다. 그리고 한곳으로 뭉쳐져 카온에게 다가왔다. 그리 빠르지 않기에 카온과 곤, 씽을 잡지는 못했다.

그것이 바로 슬라임이라는 해괴망측한 생물이었다.

슬라임은 끈적끈적한 액체로 된 육식 동물이었다. 본래 힘이 강하지 않기 때문에 물웅덩이로 변해 물을 마시러 온 동물들을 사냥해서 먹는다고 하였다.

덫을 놓고 걸려든 먹이를 사냥하는 것이었다.

어쨌든 그런 듣도 보도 못한 무서운 동물들이 정글 전체에 깔려 있다고 하니 떠올리기만 해도 머리털이 곤두섰다.

늑대에 의한 위험도 없었다.

그것은 카온이 지닌 노린내 나는 액체 덕분이었다. 그것을 뿌리자 밤새 시끄럽게 굴던 곤충들조차 울음을 멈출 정도였다.

곤이 그것이 무엇이냐고 물었지만 카온은 그저 빙그레 웃기만 할 뿐이었다.

무엇인지는 모르지만 덕분에 늑대들의 위험에서 벗어나 며칠째 숙면을 취할 수가 있었다.

모닥불 기운이 느껴진다.

따뜻함도 남아 있다.

하지만 알 수 없는 냉기가 곤의 피부를 쿡쿡 찔렀다. 어서 일어나라고 말하는 듯했다.

그 냉기는 무척이나 불길했다.

시베리아에서 발가벗고 한복판에 서 있는 그런 냉기였다. 등골이 오싹하고 손발이 저절로 떨렸다.

이 느낌은……

맹수를 만났을 때와 같았다.

그리고 온몸의 떨림은 훨씬 강했다. 역한 노린내가 사방에서 진동했다.

이제껏 맡은 어떤 냄새보다 강렬했다.

그는 고개를 흔든 후 씽을 찾았다.

씽이 보이지 않았다.

지금껏 한 번도 곤의 곁을 떠난 적이 없는 씽이다. 그런 그가 갑자기 사라진 것이다.

그럼 카온은?

고개를 돌려 카온을 찾았다.

그러나 어찌 된 일인지 그의 기척도 느껴지지 않았다. 왠지 불길했다.

둘 다 보이지 않았다.

"설마?"

둘이 싸움이라도 벌이는 것일까.

씽은 카온만 보면 으르렁거렸고 가끔 살기를 일으키기도 했다.

카온은 아무렇지도 않다는 듯이 대했지만 가끔 보이는 그의 눈빛이 얼음처럼 차가울 때가 있었다.

하지만 곤은 그다지 큰 걱정을 하지 않았다. 씽은 곤의 일행이고 카온은 이 지옥과 같은 곳에서 그들을 구해줄 동아줄이었으니까.

"아니야. 별일 아닐 거야."

곤은 애써 자위했다.

맞아. 이 살기.

이런 살기는 씽과 카온이 낼 수 있는 것이 아니었다.

설마 늑대들?

집요하게 곤과 씽을 쫓던 놈들이다. 놈들이 그들을 찾아낼 가능성은 얼마든지 있었다.

그렇다면 씽과 카온이 그들에게 당했다는 말인가.

그렇지 않기를 바랐다.

곤은 오감을 활짝 열고 씽의 목소리에 귀를 기울였다. 아무리 귀를 기울여도 씽과 카온의 목소리는 들리지 않았다.

크르르르.

대신 늑대들의 낮은 울음소리가 들렸다.

부탁이야. 죽지 말아줘.

곤은 주변에 불씨가 남은 모닥불을 서둘러서 껐다. 불빛을 보고 맹수들이 다가오면 안 되었다. 그는 보따리를 나뭇잎 아래 숨긴 후 군용 나이프를 쥐었다.

그는 맹수의 울음소리가 들리는 곳으로 숨을 죽이고 다가갔다.

사박사박.

놈들이 가까이 있다는 것은 노린내로 알 수가 있었다. 한발 한발 아주 천천히 다가갔다.

놈들이 제발 자신을 발견하지 않기만을 빌었다.

단 한 번의 기회를 놓치게 되면 씽, 카온은 물론이거니와 자신의 생명도 장담할 수 없었다.

계곡이 보였다.

계곡 위에는 부서진 달이 커다랗게 떠 있다. 달빛이 계곡을 비추었다. 코를 찌르는 듯한 짐승의 악취.

어둠 속에서 타오르는 붉은 불꽃같은 눈동자는 분명 야수의 눈동자였다.

달빛에 비친 것은 일곱 마리의 늑대였다.

그런데 의아한 점이 있었다.

늑대들의 앞에 서 있는 자는 분명 카온이 아닌가.

이처럼 부서진 달이 만월로 비추고 있는데.

쿠오오오오오!

그리고 믿기지 않는 일이 벌어졌다.

카온이 양팔을 벌리며 기괴한 울음을 내뱉자 늑대들이 그를 따라 주둥이를 길게 내밀고 울부짖는 것이 아닌가.

그 순간 곤은 두 눈을 의심했다.

다시 봐도 있을 수 없는 일이었다.

그리고 카온의 검은 피부에서 점점 털이 자라나는 것이 아닌가. 그뿐만이 아니었다. 팔과 다리가 점점 길어지고 날카로운 손톱이 튀어나왔으며 얼굴은 늑대와 같은 형상으로 변했다.

카온뿐만이 아니었다.

그의 뒤편에 있던 늑대들도 인간과 비슷한 형태로 변해갔다.

믿을 수 있겠는가!

이족보행을 하는 늑대라니.

강철처럼 강력한 근육이 꿈틀거렸다.

그들이 팔을 벌리자 알 수 없는 엄청난 기운이 사방으로 뻗어갔다.

살기다.

우오오오오오!

늑대들이 달빛을 향해 울부짖었다.

수많은 산새가 그의 살기를 피해서 사방으로 흩어졌다.

적막이 정글을 감쌌다.

이 적막 속에 오직 그들만이 존재했다. 자신들이 숲의 주인이라고 말한다.

카온이 숲의 사냥꾼이라는 것은 맞았다.

철저하게 속았다.

놈들을 따돌린 것이 아니었다. 놈은 곤과 씽을 가지고 놀았던 것이다.

그제야 곤은 깨달았다.

자신이 일생일대 최대의 위기에 봉착했다는 것을.

Chapter 5. 피의 달빛 아래서

배신감.

지금의 심정을 이 단어 외에 다른 말로 표현할 수 있을까.

이곳에서 살아나가야 한다는 절박감에 상대를 너무 쉽게 믿었다.

백번을 양보해서 그가 잘못했다고 하더라도 이렇게 뒤통수를 맞을 줄은 몰랐다.

믿었던 카온이 자신을 가지고 놀았다는 사실에 미치도록 분하고 억울했다.

당장에라도 놈을 쳐 죽이고 싶은 마음과 당장 이곳에서 도망쳐야 한다는 생존에 대한 본능이 충돌했다.

"후우욱, 후우욱."

곤은 나무에 등을 기댄 채 숨도 제대로 쉬지 못했다. 벌어지고 있는 모든 일이 꿈만 같았다.

늑대인간이라니.

이제는 놀랄 힘도 없었다.

그 어떤 것이 나타난다고 하더라도 이젠 놀라지 않을 듯하다. 천종산삼을 얻기 위해서 온갖 지역을 모두 돌아다녔다.

거대한 시베리아 호랑이와 마주쳐 같이 있던 두 명의 동료를 잃은 적도 있고, 한 번도 본 적 없는 온갖 육식동물의 위험에 몇 번이나 사경을 헤맨 적도 있었다.

하나 단 한 번도 늑대가 두 발로 선다는 것은 상상도 해본 적이 없다.

놈들은 곤이 알고 있는 상식 밖의 존재들이었다. 미우면서도 두려웠다.

눈에 보이는 늑대인간만 여덟 마리였다.

그런데 씽은 어디로 간 것일까. 벌써 놈들에게 당한 것일까.

아니면 어디론가 몸을 피신했을까.

제발 씽이 무사했으면 좋겠다. 그가 자신을 버리고 도망을 쳤다고 하더라도 상관없었다.

씽은 영물이다.

일부러 같이 죽을 필요는 없었다. 혼자라도 살아야 하지 않겠는가.

물론 곤도 죽을 생각은 없었다.

무조건 살아남을 것이다.

크르르르르.

늑대들의 거친 숨소리가 다가왔다. 육식동물 특유의 노린내가 사방으로 풍겼다.

곤은 군용 나이프를 꽉 쥐었다. 그의 무기는 이것밖에 없었다.

놈들의 목덜미를 단번에 찌를 생각이다.

늑대들은 인간으로 둔갑할 수 있을 정도의 영물이다. 카온으로 보아 인간만큼 머리도 좋아 보였다.

곤이 저들을 물리칠 확률은 무척이나 적었다. 그가 할 수 있는 일은 놈들이 방심, 혹은 당황하고 있을 때 최대한 멀리 도망치는 것뿐이었다.

저벅저벅.

놈들이 걷는 소리가 들렸다.

조금씩 다가온다.

달빛에 늑대인간들의 그림자가 길게 비쳤다.

가깝게 다가왔다.

두근두근.

심장이 오그라들었다. 조여 오기만 하고 팽창은 하지 않는 기분이다.

늑대인간들이 곤의 곁을 스치고 지나갔다. 앞을 보고 있기에 그를 보지 못한 모양이다. 놈들의 신장은 달빛 아래서 보는 것보다 훨씬 엄청났다.

185㎝에 달하는 건장한 체격의 곤보다 머리 하나는 더 컸다.

적어도 2m 이상이었다.

칠흑처럼 어두운 털이 바람에 휘날리고 있다.

인간의 손과 비슷하지만 다른 점이 눈에 띈다. 손톱이 송곳처럼 무척이나 날카로웠다. 이족보행을 하는 뒷다리는 무릎 아래가 약간 휘어져 있었다.

놈들이 멈췄다.

일곱 마리의 늑대인간이 곤의 눈앞에 있었다.

나무 뒤에서 군용 나이프를 들고 등을 붙이고 있던 곤은 고개를 돌렸다.

나무 밖으로 더 이상 고개를 내밀고 있을 수는 없었다. 그들 사이에 나무가 없다면 눈동자에 서로가 비칠 정도로 거리는 무척이나 가까웠다.

미친 것처럼 뛰는 심장 소리가 들릴 정도로.

제발 오지 마라.

제발 이쪽으로 오지 마!

"후욱, 후욱."

심호흡을 했다.

의지와 상관없이 팔과 다리가 조금씩 떨려왔다.

곤의 머리 위에 있던 달빛이 사라졌다. 어두운 그림자가 그의 전신을 감쌌다.

그리고 시뻘건 두 개의 눈동자와 마주쳤다. 미간에 상처가 있는 늑대인간의 눈동자였다.

이놈은 자신을 속인 카온이라는 놈이었다.

놈은 정확하게 곤을 바라보고 있었다.

빌어먹을. 들켰다.

쩌억—

카온이 입을 벌렸다. 불쾌한 냄새가 곤의 폐부를 파고들었다.

그대로 있으면 당한다.

하지만 카온은 그를 건드리지 않았다. 날카로운 손톱으로 자신을 찢을 것이라 예상했지만 아무 일도 일어나지 않는다.

곤은 천천히 고개를 돌려 늑대인간들을 바라봤다.

이상했다.

그들의 눈동자는 곤을 바라보고 있지 않았다. 흉포하던 눈빛도 변했다.

경계하고 있었다.

늑대인간들의 시선을 쫓아가 보았다. 그들의 시선 끝에는 아직 다 자라지 않은 덩치의 백호가 한 마리 서 있었다.

백호의 두 눈에서 살기가 줄기줄기 뿜어져 나왔다.

"씽!"

곤은 자신도 모르게 씽을 불렀다.

크와와와와왕!

씽의 울음이 터졌다.

지금까지 보던 것과는 비교도 안 되게 강한 살기를 가진 울음이었다.

동시에 씽의 모습이 점차 변해갔다.

백호의 상체가 점점 인간 형태로 변해갔다.

머리카락은 털의 색깔처럼 하얗다.

그의 전신에서 바람이 빙글빙글 돌며 회오리치고 있다.

작은 돌과 낙엽이 그의 주위를 빠르게 돌았다.

아무리 봐도 환상이 아니었다.

수인(獸人)으로 변한 씽의 입이 벌어졌다.

쿠와아아아아앙!

늑대인간들의 울부짖음보다 훨씬 거대한 음파가 사방으로
퍼져 나갔다.

나뭇가지가 옆으로 휘어질 정도였다.

그제야 곤은 깨달았다.

씽, 너도… 너도 수인족이었구나. 지금까지 날 속여왔구나.

믿을 수 없는 현실이 자꾸만 반복되었다. 다시금 심한 배신
감이 밀려왔다.

누구도 믿을 수 없는 정글에 떨어져 가장 의지했던 씽.

살아서 돌아갈 수 있다고 믿게 해준 카온.

이들에 대한 배신감은 곤의 가슴 한구석을 먹먹하게 만들었
다.

아니, 미치게 만들었다.

이 개새끼들!

쿠오오오오!

으르르르릉.

두 사나운 짐승이 서로를 향해서 빠르게 다가갔다.

씽과 늑대인간들이 맞붙었다.

퍼퍼펑!

가장 선두에 서 있던 늑대인간의 머리통이 씽의 앞발에 날아갔다.

덩치로 보면 늑대인간이 컸지만 씽의 공격력이 훨씬 강했다.

목이 날아간 늑대인간은 그대로 앞으로 고꾸라졌다. 잘린 목뼈와 근육이 선명하게 보였다. 인간과 똑같은 붉은색의 피가 흙바닥으로 스며들었다.

흙바닥에서 데스 웜(Death warm)이 땅을 뚫고 나왔다. 그것들은 늑대인간의 잘린 목 안으로 파고들어 갔다.

어느새 수십 마리의 데스 웜과 지네가 사체에 구멍을 숭숭 뚫어댔다.

크르르릉!

싸움은 개의치 않고 계속되었다.

씽은 엄청난 괴력을 바탕으로 늑대인간들을 몰아세웠다.

하나 늑대인간들도 만만치 않았다.

그들의 날카로운 손톱이 씽의 몸을 마구 훑었다. 한번 손톱을 휘두를 때마다 씽의 아름다운 백색의 머리카락이 붉은 피로 물들었다.

괴물들의 싸움은 가공했다.

나무들이 수수깡처럼 부러졌고 검붉은 피가 사방으로 튀었다.

그들의 무시무시한 싸움을 지켜보기라도 하는 듯이 주변은 고요하기만 했다.

오직 늑대인간과 씽의 괴성만이 사방으로 흩어졌다.

"으으으윽."

그들의 사투에 지켜보던 곤은 어금니를 강하게 물었다.

이렇게 강한 놈들이.

이렇게 무서운 놈들이 자신을 가지고 놀면서 얼마나 속으로 조소를 날렸을까. 아등바등 살아남으려는 자신이 얼마나 재밌었을까.

곤의 두 눈동자에서 살기가 흘러나왔다. 그도 모르게 눈동자가 조금씩 녹색으로 바뀌어갔다.

쿠쿠쿠쿵―

싸움은 시간이 갈수록 치열해져만 갔다.

뭔가가 이상했다.

늑대인간의 숫자는 모두 일곱, 그리고 한 명 더.

카온.

그가 사라졌다.

조금 전까지만 하더라도 씽과 한데 뒤섞여 있었는데 지금은 보이지 않았다.

뭔가가 불길했다.

불길한 기분은 매우 잘 맞는다.

이 엿 같은 기분.

갑작스럽게 나타난 엄청난 살기가 곤을 향해서 덮쳐왔다.

정면이었다.

"으아아아앗! 죽어! 이 새끼야!"

곤은 젖 먹던 힘을 다해 군용 나이프를 내리찍었다. 검의 날카로운 앞부분이 카온의 미간을 찍었다.

쨍—

"이, 이럴 수가!"

지금까지 몇 번이나 목숨을 구해주었던 군용 나이프의 날이 반으로 쪼개져 하늘로 날아갔다. 부러져 날아간 검날은 수풀 속으로 사라지고 말았다.

놈에게는 상처 하나 입히지 못했다.

"쿠오오오오!"

카온은 다시 한 번 입을 벌리고 울부짖었다. 고막이 터질 것 같은 고성이 곤을 강타했다. 온몸의 힘이 쭉 빠질 정도로 엄청난 소리였다.

곤은 카온의 사타구니를 향해서 발을 차올렸다.

빡!

발목이 밑으로 꺾였다. 입이 절로 벌어지며 신음이 흘러나왔다.

카온이 팔을 들어서 휘둘렀다.

압박으로 인해 목이 뒤쪽으로 휘청거렸다.

그는 어금니를 악물며 고개를 숙였다.

놈의 손톱이 뒷덜미를 스치고 지나쳤다. 차가운 풍압이 느껴졌다.

오싹하다.

꽈직!

사람 몸통보다 두꺼운 나무 기둥이 반으로 쪼개졌다. 쪼개진 나무 기둥이 좌우로 흔들렸다.

등줄기에서 식은땀이 줄줄 흘러내렸다.

저런 손톱에 맞는다면 인간의 육신쯤은 순식간에 다섯 조각으로 나뉘고 말리라!

카온이 다시 손을 들어서 공격하려고 했다. 씽도 몸을 뺄 처지가 아니었다. 늑대를 전부 처치하기 전에는 곤에게 신경 쓰지 못할 것이다.

아니, 어쩌면 씽조차 곤을 죽이려 들지도 몰랐다.

그도 지금까지 그를 가지고 놀았을지도.

빌어먹을 것들.

곤은 카온을 향해서 뛰었다.

카온은 곤이 자신을 향해서 달려오자 조금은 의외인 모양이다.

그는 양쪽 손톱 날을 세워 크게 휘둘렀다. 빠르기는 상상 이상이었다. 파괴력은 그 이상 될 것이다.

맞으면 찢겨져 죽는다.

곤은 상체를 뒤로 젖혔다. 놈의 손톱이 그의 옷을 찢었다.

정확하게 피하지는 못했다.

배에 세 줄기의 손톱자국이 생겨났다. 핏방울이 튀었다. 바늘로 찌르는 듯한 날카로운 통증이 배에서부터 전신으로 퍼져 나갔다.

배가 갈라지지 않은 것만으로도 천만다행이었다.

순간 곤은 카온의 가랑이 사이로 빠져나갔다.

"이놈이!"

카온이 급히 가랑이 사이로 손을 집어넣어 곤의 발목을 낚아챘다.

"빌어먹을."

발목이 잡힌 곤은 거꾸로 매달렸다. 그는 주먹을 휘둘러 카온의 면상을 갈겼지만 끄떡도 하지 않았다.

"어리석은 인간. 애초에 낄 자리가 아니었거늘."

카온의 입에서 음산한 목소리가 흘러나왔다. 그가 무슨 말을 하는지 곤은 알아듣지 못했다.

곤의 발목을 잡은 카온이 팔을 들었다. 곤의 꽤 큰 거구가 공깃돌처럼 가볍게 들렸다.

카온은 그런 곤을 바닥에 내려쳤다.

꽈직!

하마터면 목뼈가 부러질 뻔했다.

카온은 잔혹했다.

그는 다시 한 번 곤의 발목을 잡고 머리 위로 들어 올린 후 바닥을 향해서 강하게 내려쳤다.

꽈직!

곤의 몸이 십수 미터나 튕겨져 나갔다. 마차에 치었을 때처럼 엄청난 충격이었다.

카온은 대단한 일을 했다는 듯이 양팔을 벌리며 포효를 내질렀다.

빌어먹을, 이 빌어먹을 개새끼들.

몸을 일으키려고 하지만 쉽지가 않았다. 손과 발이 따로 놀았다.

발끝에 힘을 주고 바닥을 몇 번이나 밀었지만 소용이 없었다.

단 두 번의 공격에 그동안 쌓아온 모든 것이 무너지는 듯했다.

"크아아악! 움직여! 움직이란 말이다!"

곤은 한 팔을 들어 자신의 허벅지를 강하게 쳤다.

퍽! 퍽! 퍽!

몇 번이나 반복해서 때렸다.

곤의 눈동자에 녹색 기운이 강하게 맴돌고 있었다.

망가진 그의 혈도를 타고 아직 아물지 않고 있는 어깨 상처에서 알 수 없는 힘이 흘러나왔다.

그 힘은 곤의 망가진 육체를 깨어나게 했다.

하체를 움직여 한쪽 무릎을 꿇었다. 반대편 팔꿈치를 대고 상체를 일으켰다. 입술이 깨지고 입에서 피가 뚝뚝 흘러서 바닥에 떨어졌지만 곤은 분명 본인의 의지로 몸을 일으켜 세웠다.

카온은 수하들과 맹렬하게 싸움을 벌이고 있는 썽을 보았다.

이제 둘밖에 남지 않았다.

어린놈의 새끼가 꽤나 전투력이 강하다. 하긴 대대로 호랑이족은 늑대족보다 전투력이 강했다.

그렇다고 하더라도 성인식도 치르지 않은 호랑이 새끼가 일곱 명이나 되는 성인 늑대족을 상대하다니.

믿기 어려운 일이었다.

카온과 씽 모두 수인족이었다. 두 일족은 벌써 400년째 싸움을 벌이고 있는 중이었다.

오랜 싸움으로 인해서 싸움의 목적을 잊어버렸다. 그들에게 남은 것은 오직 상대 종족에 대한 강한 분노와 증오뿐이었다.

어느 날, 카온의 동생이 산에서 어린 백호를 발견했다. 상대가 어리다고 해서 '그래, 넌 어리니 나중에 상대해 줄게' 라고 할 정도로 좋은 사이는 아니었다.

카온의 동생은 곧바로 백호를 공격했다. 그 와중에 곤이 그들의 싸움에 끼어들게 된 것이다.

인간과 백호.

동생의 원수.

이 기회에 두 명 모두 갈기갈기 찢어서 산 채로 잡아먹고 말 테다.

카온은 씽을 향해서 손톱과 이빨을 드러낸 채 몸을 날리려고 하였다.

"거기 서."

그 순간 인간의 목소리가 카온의 등 뒤에서 들려왔다.

곤은 정면을 응시했다.

그의 눈앞에 엄청난 살기를 내뿜고 있는 카온이 보였다.

엄청난?

분명 조금 전까지만 하더라도 엄청나다고 느꼈는데…….

지금은 아니었다.

어쩐지 저 괴물이 작아 보인다고 할까. 상대에게서 무섭다는 느낌을 받지 못했다.

곤은 고개를 갸웃거렸다. 정말 묘한 기분이었다.

자신이지만 자신이 아닌 것과 같은 느낌이랄까.

단 한 번도 이런 감정을 가진 적이 없기에 조금은 당황스러운 그였다.

"모두……."

곤이 카온을 보며 낮게 으르렁거렸다. 그의 녹색 눈동자가 빛을 냈다가 사라졌다. 동시에 살기는 점점 짙어졌다.

곤이 숨을 쉴 때마다 옅은 녹색 기운이 밖으로 뿜어졌다.

저벅저벅.

곤은 카온을 향해서 걸어갔다.

반면 카온은 그런 곤을 보며 코웃음을 쳤다. 조금 전까지만 하더라도 반쯤 죽어가던 인간이다.

그런 그가 일어나서 무엇을 할 수 있다는 말인가. 차라리 눈 감고 숨이나 죽이고 있었더라면 잠시나마 생명은 연장할 수 있었을 텐데.

곤이 카온을 향해서 빠르게 다가갔다.

카온도 곤을 향해서 다가갔다. 그의 손톱이 날카롭게 빛났다.

이번에는 살려두지 않겠다는 듯이 손톱을 머리 위로 들어 올렸다.

곤의 몸이 붕 하고 떠올랐다.

"모두 살려두지 않겠다!"

곤과 카온은 서로를 향해서 주먹을 휘둘렀다.

누가 보더라도 팔 길이가 훨씬 긴 카온이 유리했다. 곤의 분위기가 바뀌었다고 하더라도 카온을 당할 수는 없을 것이다.

"흡."

카온이 멈칫거렸다. 그의 칼날처럼 날카롭던 눈빛이 흔들렸다.

뭐지, 이건?

카온은 당황하고 있었다.

방금 전 그의 폐부에 무엇인가가 들어왔다. 처음에는 숨을 잘못 들이켠 줄 알았다. 하지만 그것이 아니라는 것을 금방 알아차렸다.

눈이 따끔거렸다. 눈이 아파 앞을 보기가 힘들었다.

독인가?

독이라는 것은 확실하지만 이해할 수 없었다. 도대체 언제, 어떤 식으로 중독되었다는 말인가.

카온은 호흡을 되돌리기 위해 잠시 뒤로 물러났다.

곤은 그 틈을 놓치지 않고 카온을 따라붙었다. 미친놈처럼 가지고 있던 부러진 군용 나이프를 마구 휘둘렀다.

캉! 캉! 캉!

그가 가진 군용 나이프로는 카온의 바위처럼 단단한 육체에 흠집조차 낼 수가 없었다. 그런데도 막무가내로 밀고 들어갔다.

"인간 따위가!"

뒤로 물러나던 카온의 주먹이 곤의 옆구리를 쳐올렸다. 빠각 하는 소리가 나며 곤의 육신이 90도로 꺾였다. 손등의 감촉이 느껴졌다.

이 정도의 타격이라면 인간의 연약한 육체로는 제대로 움직일 수 없을 것이다.

그러나 곤의 행동은 카온의 예상을 뒤흔들었다. 뒤로 꺾인 곤이 눈을 부라리며 다시 달려들었기 때문이다.

"이 잡것이! 컥!"

눈이 심하게 따끔거렸다. 순간 그는 시선에서 곤을 놓치고 말았다.

어느새 곤이 들고 있던 부러진 군용 나이프가 카온의 입으로 파고들었다.

푸식!

아무리 단단한 수인이라고 하더라도 입안까지 단련하지는 못한 모양이었다.

"뒈져 버려!"

곤은 군용 나이프를 양손으로 잡고 위로 당겼다. 부러진 칼날이 목젖을 휘젓고는 뇌까지 파고들고 말았다.

"커커커컥!"

카온은 제대로 된 비명도 지르지 못했다. 목에서 피가래가 들끓었다.

방심!

인간 따위는 한주먹거리도 안 된다고 방심한 카온에게 치명상을 입히고 만 것이다.

곤은 군용 나이프를 뽑았다.

상당한 양의 피분수를 뿜어대던 카온의 육체가 그대로 뒤로 넘어 쓰러졌다.

쿠우웅—

즉사였다.

눈 깜짝할 사이에 벌어진 일이었다.

사투를 벌이고 있던 썽과 두 명의 늑대인간이 그대로 멈춰섰다.

두 명의 늑대인간은 믿을 수 없다는 표정으로 곤을 바라봤다.

카온이 누구인가.

젊은 늑대족 사이에서도 최상위의 무력을 가진 존재이다. 평범한 늑대족과는 차원이 달랐다.

보통 늑대족 세 명이서 호랑이족 한 명을 잡을 수 있다고 알려져 있었다.

하나 카온은 혼자서 호랑이족을 잡을 수 있는 능력이 있었다.

그의 손에 죽은 호랑이족만 벌써 세 명이었다. 그렇기에 인간 따위의 손에 죽는다는 것은 누구도 예상하지 못했다.

그래도 직접 목격한 이상 믿지 않을 수 없었다.

두 명의 늑대인간은 서로를 바라본 후 고개를 끄덕였다.

겨우 두 명이서 호랑이족과 카온을 죽인 인간을 상대할 수는 없었다.

죽은 카온이 살아 돌아온다면 모를까.

살아서 돌아온다고 하더라도 저들을 이겨내기란 쉽지가 않을 것 같았다.

이대로 개죽음을 당할 수는 없었다. 장로들에게 지금의 사실을 전해야만 했다.

생각을 마친 그들은 재빨리 뒤로 물러났다. 호랑이족이 늑대족보다는 강하다고는 하지만 속도까지 빠른 것은 아니었다. 그들 역시 호랑이족 못지않게 빨랐다.

그들이 사라지자 산 중턱에 남은 사람은 씽과 곤뿐이었다.

위이이잉—

계곡을 따라 바람이 불었다. 바람은 강렬한 피비린내를 사방으로 퍼뜨렸다.

피 냄새를 맡은 맹수들이 곧 이곳으로 들이닥칠 것이다.

씽은 곤을 부드러운 눈으로 바라봤다. 비록 수인으로 변한 몸이지만 곤에 대한 마음은 변함이 없었다.

호랑이족에게도 따돌림을 받은 존재가 바로 백호였다. 단지 보통의 호랑이와 색이 다르기 때문이었다.

그를 낳아준 부모는 오거와의 전투에서 죽임을 당했다. 즉 씽은 태어나면서부터 항상 혼자였던 셈이다.

호랑이족 누구도 색이 다른 그를 돌보지 않았다. 더 이상 견딜 수 없던 씽은 마을을 떠나기로 마음먹었다.

한데 마을을 떠난 지 며칠 되지 않아 늑대족에게 발견되어 죽임을 당할 뻔했다.

그런 그를 도와준 자가 바로 곤이었다.

곤은 백호에게 씽이라는 이름도 지어주었다. 씽으로서는 처음으로 받는 따스한 기운이었다.

하지만 성인이 되지 않아 각성하지 못한 씽은 곤과 제대로 된 대화를 할 수 없었다. 그것이 무척이나 답답했다.

그러나 오늘 밤은 달랐다.

아직 성인이 되지 않았지만 씽은 각성하게 된 것이다. 아마도 그와 곤이 위험에 처했기 때문인 듯했다.

"곤……."

처음으로 불러보는 곤의 이름.

곤이 씽을 향해서 다가갔다. 곤이 다가갈수록 뭔가 이상함을 느끼는 씽이었다.

저 눈빛.

언제나 느껴지던 따뜻한 눈빛이 아니었다. 지금 그는 강렬한 살기에 휩싸여 있었다.

가장 불안한 것은 저 녹색 눈빛이었다. 씽이 알기에 곤의 눈은 검은색이었다.

그러나 지금은 확연하게 녹색을 띠고 있었다.

저벅저벅.

곤은 망설임 없이 씽을 향해서 걸어갔다.

철퍽철퍽.

늑대인간들의 피가 바닥에 흥건했다. 구두 밑창이 끈적거렸다.

곤은 거칠게 숨을 내뱉고 있었다. 들고 있는 부러진 칼날에서는 카온의 피가 뚝뚝 흘러내렸다.

"씽……."

곤은 작게 그의 이름을 불렀다.

"곤……."

씽도 곤의 이름을 말했다.

"너도 내가 우습더냐?"

갑작스럽게 돌변한 곤이 씽을 향해서 쇄도했다. 늑대족만큼이나 빠른 속도였다.

곤의 살기에 깜짝 놀란 씽이 급히 뒤로 물러났다. 곤이 빠르게 다가갔다. 그가 다가갈수록 씽은 깜짝 놀란 표정을 지었다.

곤의 눈동자만 녹색이 아니었다. 그의 몸을 휘두르고 있는 은은한 빛도 녹색이었다. 왜 그런 빛을 띠고 있는지 씽은 알 수 없었다.

하지만 위험하다는 것은 본능적으로 느낄 수 있었다.

씽은 급히 숨을 참았다.

곤의 체술보다 위험한 것이 바로 그의 몸에서 흐르고 있는 독무였다. 독무가 피부에 닿자 불에 지진 것처럼 따끔거렸다.

잘못하면 곤의 몸에서 흘러나오는 독에 의해 먼저 절명할 수도 있었다.

지금껏 곤과 함께 꽤나 오랫동안 생활했지만 이런 능력을 가지고 있는 줄은 알지 못했다.

미약하기는 하지만 위험한 것은 분명했다.

"하지 마, 곤!"

씽이 외쳤다.

하지만 이미 분노가 머리를 잠식한 곤에게는 들리지 않았다. 그의 몸에서 뿜어져 나오는 독무가 조금씩 강해져 가고 있었다.

"씽! 카온! 이 빌어먹을 괴물들아!"

씽을 향해서 곤이 몸을 날렸다.

그 순간이었다.

꽈직!

낭떠러지의 끝 부분이 무너지는 것이 아닌가.

동시에 씽과 곤은 끝이 보이지 않는 무저갱 속으로 빨려 들어갔다.

"크흑."

씽은 급히 팔을 뻗어서 절벽에 튀어나와 있는 작은 바위를 붙잡았다.

하지만 곤은 그렇지 못했다. 그는 그대로 추락하고 말았다.

"곤!"

씽이 곤을 불렀지만 공허한 메아리만이 계곡 속에서 맴돌 뿐이었다.

*　　*　　*

햇살은 마법처럼 무성한 푸른 잎사귀를 뚫고 숲 속을 비치고 있었다.

아지랑이가 곳곳에서 피어올라 신비로운 기운이 감돌았다.

마을의 대소사를 정할 때나 전투에 나서기 전, 전투에 이겼을 때, 축제를 열 때, 아이들이 태어났을 때 모이는 광장에는 다섯 명의 오크가 닭 피로 그린 오망성 끝자락에 서 있었다.

오망성 가운데의 커다란 솥에서는 물이 부글부글 끓고 있었다.

"대지의 용자 케르만이 생명의 신 단가의 말씀에 귀를 기울입니다."

2m를 훌쩍 넘기는 거구의 오크가 앞으로 나와 끓는 물에 말린 지네를 넣었다.

지네라고 하지만 건장한 사내의 팔뚝보다도 훨씬 컸다.

"정화의 용자 헝가스가 생명의 신 단가의 말씀에 귀를 기울입니다."

드워프만큼이나 키가 작고 조금은 마른 오크가 앞으로 나와 끓는 물에 말린 약초를 넣었다.

약초를 넣자 물색이 노랗게 변해갔다. 기이한 냄새가 마을 곳곳으로 퍼져 나갔다.

"벼락의 용자 퉁고가 생명의 신 단가의 말씀에 귀를 기울입니다."

탄탄한 체격의 오크가 앞으로 나와 머리가 세 개 달린 독사를 끓는 물에 넣었다.

금방이라도 뛰쳐나올 것처럼 움직이던 독사는 곧 몸을 비틀더니 서서히 죽어갔다.

독사의 몸에서 빠져나온 독이 물색을 새카맣게 변하게 했다.

"바위의 용자 그루젤리가 생명의 신 단가의 말씀에 귀를 기울입니다."

마을의 족장인 그루젤리는 새끼 리자드맨의 목을 잡고 끓는 물에 넣었다.

새끼 리자드맨은 끓는 물에서 발버둥을 치며 기괴한 비명을 질러댔다.

아마도 그의 어미를 부르는 외침일 것이다. 하나 이곳까지 찾아오지는 못한다.

황색 오크족이라고 불리는 그들은 리자드맨의 서식지인 늪지대와는 무척이나 멀리 떨어져 있으니까.

"자연의 소리를 듣는 자인 나 샤먼 살롱쿠기가 생명의 신 단가의 목소리를 듣습니다."

두 마리의 뱀이 꼬인 것 같은 지팡이를 짚고 있는 늙은 오크가 나와 금색 가루를 끓는 물에 뿌렸다.

그러자 물색이 황색에서 검은색, 짙은 회색으로 연달아 변해갔다. 끓는 물에서 불쾌한 악취가 풍기며 사방으로 흩어졌다.

"오오오, 그분의 목소리가 들린다!"

샤먼 살롱쿠기가 지팡이를 하늘로 들어 올리며 사지를 떨어댔다.

그의 말처럼 끓는 물에서 솟구쳐 오른 수증기에서 뱀의 얼굴을 한 형상이 만들어지고 있었다. 수증기는 합쳐졌다 흩어졌다를 반복했다.

"오오오, 생명의 신 단가시여!"

모든 오크 전사가 무릎을 꿇었다. 그들은 머리를 바닥에 박고서는 양 손바닥을 하늘로 향했다.

마을 곳곳에서 그들의 모습을 지켜보던 어린 오크들과 여성 오크들도 마찬가지였다.

그들은 재빠르게 바닥에 무릎을 꿇고 오크 전사들과 같은 모습을 취했다.

다른 부족과 전쟁이 나지도 않았다.

마을이 감당할 수 없는 폭우가 오거나 가뭄이 오지도 않았다.

그런 때가 아니면 생명의 신인 단가에게 제사를 지내지 않았다.

하나 그들에게는 제사를 지낼 수밖에 없는 이유가 있었다. 얼마 전부터 부서진 달, 즉 볼렌덴 문 옆에 나타난 흉망성 때문이었다.

처음 흉망성을 발견한 오크는 그루젤리의 막내아들인 코일코였다.

코일코는 태어난 지 일곱 해가 되는 어린 오크였다. 이제 오크 전사로서 교육을 받아야 할 나이이기도 했다.

그러나 코일코는 전투의 기술을 배우는 것보다 밤하늘을 보거나 약초 다루는 것을 더 좋아했다.

바위의 용자로 불리는 그루젤리로서는 답답한 일이 아닐 수 없었다.

하지만 코일코 덕분에 흉망성을 발견할 수가 있었다. 대륙에 크나큰 위기가 처할 때마다 나타난다는 흉망성.

4,500년 전 광룡 퀴클리크가 나타났을 때,

당시 차원의 경계를 뚫기 위해 연구를 거듭해 오던 퀴클리크는 무슨 일인지 미쳐 버렸고 대륙의 대부분을 파괴하고는 그 거대한 힘을 견디지 못하고 자신도 죽고 말았다.

광룡 퀴클리크로 인해 멸종한 종족만 120종에 달한다고 전해진다.

1,200년 전 광전사 폭스겐이 나타났을 때도 흉망성이 나타났다.

광전사 폭스겐, 그가 누구인지 아무도 몰랐다. 그가 사람인지, 엘프인지, 드워프인지, 마족인지, 드래곤인지조차 알려지지 않았다.

광전사 폭스겐은 대륙의 서쪽 끝에 위치한 작은 항구인 레일라에서 처음으로 모습을 나타냈다.

온통 검은 갑옷으로 치장하고 있어 얼굴을 본 사람은 없었다.

하지만 그가 지닌 무력만은 똑똑히 기억했다. 해일을 일으키고, 지진을 만들어내며, 화산을 폭발시켰다.

혹자는 과거의 유물이 광전사 폭스겐을 미화시킨다고 하였다. 하나 수많은 문서에 정확하게 기록되어 있었다.

광전사 폭스겐은 먹지도 자지도 않고 걸어갔다. 그가 걸어가는 길은 죽음이라는 말로밖에 설명이 되지 않았다. 가로막는 모든 기사단은 한 줌의 핏물로 사라졌다. 시체가 산이 되었고 세상은 하루도 빼놓지 않고 비명을 질렀다.

당시 대륙은 3개의 대국과 16개의 소국으로 나눠져 있었다.

그러나 광전사 폭스겐이 사라질 때쯤 살아남은 나라는 두 개의 소국뿐이었다.

모든 왕이 죽고, 기사들이 죽었으며, 마법사들이 사라졌다.

그로 인해 수십 종이 넘는 종족이 또다시 사라졌다.

그리고 1,200년이 흐른 지금 다시금 흉망성이 나타났다.

그렇기에 진실을 확인하기 위해 살롱쿠기는 부족의 전사들을 모아 생명의 신 단가에게 제사를 지내는 것이다.

"생명의 신 단가께서 말씀하신다."

샤먼 살롱쿠기는 사지를 부들부들 떨면서 입을 열었다.

온몸에서 식은땀이 비가 오듯이 흘러내렸고 눈동자는 뒤집혔다. 흰색 눈동자만 보이고 코와 입, 귀에서 거품이 흘러나왔다.

그럼에도 잡고 있던 지팡이는 놓지 않았다. 오히려 지팡이를 잡고 있는 손의 힘이 강해졌다.

"대지는……."

샤먼 살롱쿠기의 입에서 거칠면서도 우아한 음성이 흘러나왔다.

늙은 샤먼의 입에서 나온 목소리라고는 믿기지 않을 만큼 힘이 서려 있었다.

"타락했다……. 정화자를… 맞이하라."

흙바닥에 이마를 대고 있던 그루젤리가 고개를 들어서 조심스럽게 물었다.

"정화자라 하심은……? 흉망성이 나타난 것과 관계가 있는 것입니까?"

"빛과… 어둠은… 하나이니라. 맞이하라. 맞이하라."

그 말을 끝으로 웅장하던 목소리는 사라졌다. 샤먼 살롱쿠기는 탈진했는지 그대로 바닥에 주저앉고 말았다.

그는 거친 숨을 몰아쉬었으며 입에서는 거품을 연신 뱉어냈다.

대지의 용자 케르만과 벼락의 용자 퉁고가 쓰러진 샤먼 살롱쿠기를 업고 거처로 옮겼다.

역겨운 냄새와 수증기는 거짓말처럼 사라졌다. 펄펄 끓던 물은 얼음처럼 차가워져 있었다.

"족장님, 신께서 하신 말씀을 알아듣겠습니까?"

그루젤리의 첫째아들이자 정화의 용자인 헝가스가 물었다.

"아니."

그루젤리는 고개를 흔들었다. 이제껏 수십 번도 넘게 제사를 지냈지만 생명의 신 단가의 목소리를 들은 것은 겨우 세 번 뿐이었다.

어떤 중대한 의미가 담긴 것 같지만 한 번도 그의 뜻을 알아들을 수가 없었다.

지금도 마찬가지였다.

대지는 타락했다. 정화자를 맞이하라. 빛과 어둠은 하나이다.

전혀 이해할 수가 없었다.

"그럼 흉망성은 어찌하실 생각이십니까. 자그마한 반딧불과 같던 흉망성이 지금은 누구도 볼 수 있을 만큼 커졌습니다. 그리고 그 흉망성이 갑자기 사라졌습니다. 마을 사람들이 불안해합니다. 벌써 불길한 소문이 퍼지고 있습니다."

헝가스는 진지한 눈빛으로 말했다. 그의 말뜻을 그루젤리도 충분히 알아들었다. 문제는 어떤 식으로든 해결할 방법이 보이지 않는다는 것이다.

"기다려 보세. 신의 의지를 우리가 알 수 있을 때까지."

그루젤리는 뒷짐을 지고 하늘을 바라봤다. 밝던 해가 조금씩 가라앉으며 석양으로 바뀌고 있었다. 어쩐지 저 석양이 불길하게만 느껴졌다.

제발 부족에 아무 일도 없기를 그루젤리는 마음속으로 빌었다.

Chapter 6. 오크와의 만남

Myth of Magic power

　그루젤리의 막내아들인 코일코는 햄버 강 중류에 나와 있었다.

　평상시에는 혼자서 햄버 강 근처에 오지 않았다.

　워낙 사나운 몬스터들이 득실거려서 놈들이 물을 마시러 왔다가 마주치는 날에는 그날로 제삿날이 될 수가 있었다.

　"이야, 할배 말대로 정말로 있네."

　코일코는 감탄사를 내뱉었다. 샤먼 살롱쿠기이 이곳에 가면 무엇인가를 만날 것이라 말했는데 와보니 정말로 누군가가 있었다.

　때로는 잔소리가 심할 때도 있었지만 지금과 같이 무슨 일을 예언하는 능력에는 감탄하지 않을 수가 없었다.

왜 모든 마을 사람이 샤먼 살롱쿠기를 존경하는지 알 수가 있었다.

강가에는 한 사내가 엎어져서 코를 바닥에 박은 채 쓰러져 있었다.

머리카락이 까맣다. 살았는지 죽었는지는 확인할 수가 없었다.

코일코는 주변에 떨어져 있던 나뭇가지를 주워서 시체처럼 쓰러져 있는 사내의 몸을 쿡쿡 찔렀다.

그는 반응하지 않았다. 머리통을 찔러봤다. 역시 반응하지 않는다.

"죽었나?"

살롱쿠기가 누군가를 만난다면 마을로 데려와야 한다고 해서 왔는데 죽어 있다면 아무런 소용이 없었다.

코일코는 쓰러져 있는 자를 발끝으로 밀었다. 물을 잔뜩 먹어서인지 좀처럼 움직이지 않는다.

죽은 시체를 만지고 싶지 않은 코일코는 발로 차서 그자를 뒤집었다.

"으으으윽."

그자는 신음 소리를 내며 뒤집어졌다.

죽지는 않은 모양이다.

"어라? 뭐지, 이건?"

코일코는 쓰러진 자의 얼굴을 자세히 들여다보았다. 오크족과는 너무나 다르게 생겼다. 얼굴색이야 비슷하지만 코와 피부가 너무도 달랐다.

예전에 마을로 찾아왔던 재수 없게 생긴 엘프라는 종족과도 달랐다.

엘프는 역겨울 정도로 예쁘장하게 생겼지만 이자는 아니었다.

뭔가 딱 꼬집어 말하기는 어렵지만 못생겼다.

"혹시 인간이란 종족인가?"

아직 인간과 대면한 적이 없는 코일코는 고개를 갸웃거렸다.

아마 마을 부족 오크의 대부분이 인간을 모를 것이다. 200년 전 황색 오크족이 그랑쥬리 정글에 자리를 잡으면서 인간과의 모든 줄은 끊어진 셈이니까.

"그나저나 덩치가 꽤 크네. 이걸 어떻게 데리고 간담."

코일코는 팔짱을 끼고 고민에 빠졌다.

겨우 일곱 살에 불과했다. 열 살이 되면 성인식을 치를 만큼 정신과 육체도 커지지만 아직은 어린아이에 불과했다. 다 자라지 않은 어린 오크의 몸으로 이자를 끌고 마을까지 가기에는 역 부족이었다.

"에라, 모르겠다. 일단 여기서 벗어나자."

코일코는 사내의 머리채를 잡고 강가에서 떨어지기 위해 끌었다.

이곳에 계속 있을 수는 없었다. 언제 어디서 거대 몬스터들이 물을 마시기 위해 나타날지 알 수 없었다.

특히 트롤이나 미노타우로스, 오거 같은 거대 육식 몬스터들이 나타나면 빼도 박도 못하고 먹히고 만다.

놈들에게는 이성이 없었다. 오직 식욕과 성욕만이 존재하는 괴물들이다. 언어 체계가 있고 각각의 문명이 있는 이종족과는 완전히 궤를 달리했다.

"크흐흑."

또다시 사내가 신음을 흘렸다.

"이봐요, 끙끙댈 거면 자리에서 일어나든지. 어린 나를 혹사시키지 말고요. 힘들어 죽겠네."

강가에는 작은 차돌이 가득하다. 코일코가 억지로 끌어당기니 차돌들이 그의 머리와 관절, 뼈에 마구 부딪쳤다. 멀쩡했다고 하더라도 무척이나 아플 판이다.

"어이고, 힘들다."

강가에서 수십 미터나 떨어진 곳까지 사내를 끌고 온 코일코는 이마의 땀을 닦았다.

이 정도 떨어졌으니 몬스터가 나타난다고 하더라도 자신은 피할 수가 있을 것이다.

뭐, 이자야 잡아먹힌다면 할 수 없는 일이다. 진작 깨어나지 못한 자신의 운명을 탓해야 할 것이다.

그리고 보니 이자의 상의가 피로 물들어 있다. 아직도 찔끔찔끔 피가 흘러나오고 있었다.

"세상에, 이 아저씨 정말 운 좋네. 피 냄새를 기가 막히게 잘 맡는 야모리에게 잡아먹히지 않았다니."

야모리는 그랑쥬리 정글을 관통하는 햄버 강에 사는 식인 물고기였다. 올챙이처럼 작은 앞발과 뒷발이 달려 있어 언뜻 보기에는 무척이나 귀여워 보인다.

하지만 겉만 보고 야모리를 잡았다가는 큰 낭패를 보고 만다.

놈들은 식인 물고기였다.

아가리를 열면 수십 개가 넘는 꼬챙이처럼 생긴 이빨이 가득하다.

야모리 수십 마리면 덩치 큰 트롤을 잡아먹는 데 5분이 채 걸리지 않았다. 그만큼 사나운 물고기였다.

특히 놈들은 피 냄새를 기가 막히게 맡았다. 피를 이만큼이나 흘린 사내가 야모리에게 잡아먹히지 않은 것은 큰 행운이 따른 것이나 마찬가지였다.

코일코는 사내의 앞섶을 열었다.

"으윽! 뭐야, 이거?"

상처가 심했다.

젖꼭지 위쪽에서부터 옆구리까지 길게 세 갈래의 손톱자국이 이어져 있었다. 자상은 아니었다. 분명 맹수에게 당한 상처였다.

손톱의 크기로 봐서는 사자나 호랑이 종류였다.

상처 부위가 썩고 있어 악취가 풍겼다.

내버려 두면 독이 내장까지 파고들어 이 사내는 죽고 말 것이다.

이렇게 심한 상처를 입었으니 아직 정신을 차리지 못하고 있는 것이 당연했다.

"이야, 아저씨, 정말 운 좋네. 어쨌든 황색 오크족의 일원으로서 못생긴 종족 한 명 살리고 봐야지."

코일코는 사내의 머리맡에서 바지를 내리고 큰 것을 보았다.

오전에 한 번 변소에 갔다 왔기에 나오는 것이 없었다. 한참이나 힘을 주고서야 엄지손가락만 한 변이 차돌 위로 떨어졌다.

"어휴, 내 건데도 냄새가 독하네."

코일코는 자신의 코를 막았다.

그는 주변에 떨어져 있는 나뭇가지를 주워 변을 묻히더니 사내의 상처에 발랐다.

샤먼 살룽쿠기는 오크의 변과 각종 말린 잎사귀를 섞어서 약을 만들었다.

오크의 변은 세균의 번식을 막는 데 탁월했다.

약초들을 섞어서 약을 만들면 어지간한 자상과 독에는 큰 효능을 발휘했다.

코일코는 약을 만드는 약초가 뭔지 몰랐다. 대충 오크의 변이 있으면 낫지 않을까 생각했다.

"어이, 아저씨, 빨리 일어나야 할 거야. 밤이 되면 놔두고 갈 수밖에 없어. 이 주변은 밤이 되면 무척이나 무섭다고."

코일코는 자신의 변이 묻은 나뭇가지를 멀리 던져 버리고는 중얼거렸다.

*   *   *

"으으으음."

곤의 정신이 서서히 돌아왔다. 정신이 돌아옴과 동시에 육체의 고통도 깨어났다. 차라리 정신을 잃었을 때가 훨씬 나았다.

전신을 몽둥이로 두드리는 것 같은 충격이다. 손끝 하나, 세포 하나하나가 모두 비명을 질렀다.

"뭐야, dmadmadakad."

익숙한 언어가 들렸다. 카온이 하는 말과 비슷했지만 어감이 달랐다.

훨씬 여리고 어린 목소리였다.

천천히 눈을 뜬 곤은 목소리가 들린 곳을 바라보았다. 대략 10세 전후로 보이는 소년이 자신을 뚫어지게 쳐다보고 있다.

더럽게도 못생긴 아이였다.

코는 들창코에 이빨은 뻐드렁니다.

입술은 돼지처럼 두꺼웠고 머리털은 자라다 말았다. 몸이 성했다면 자신도 모르게 주먹을 날렸을 것 같은 인상이다.

"크흑."

깨어날 때보다 더한 고통이 가슴을 후벼 팠다.

너무나 큰 고통에 가슴을 움켜쥐었다. 손등을 물고 신음을 참아냈다. 한참이나 그러고 있자 통증이 조금씩 가라앉았다.

"dmaldaladka."

저 못생긴 꼬마가 뭐라고 지껄이지만 무슨 말인지 하나도 못 알아듣겠다.

괜찮을 거라고 말하는 것 같긴 한데 자세히는 모르겠다. 알고 싶지도 않고.

"후욱, 후욱."

곤은 심호흡을 했다. 통증 때문에 숨이 찼다. 그는 자신의 가슴을 보았다.

카온에게 당한 긴 자상이 앞가슴부터 배까지 길게 나 있었다.

"크흑! 이건 또 뭐야?"

상처 부위에 똥이 발라져 있다.

어떤 미친 새끼가 똥독 오르면 어쩌려고 이런 짓을 했단 말인가.

"dmadadmladal. hahaha!"

더럽게 못생긴 꼬마가 손뼉을 치며 좋아한다. 생긴 것도 이상한 게 아무래도 미친 소년 같았다.

화가 치밀어 오른 곤은 손을 뻗었다. 손뼉을 치며 좋아하는 꼬마의 멱살을 잡기 위해서였다.

아무리 못돼먹은 꼬마라도 사람이 이렇게 됐으면 마을 사람들을 불러오거나 의원을 불러와야 하지 않은가.

못생긴 꼬마는 어깨를 으쓱거리더니 곤의 손을 잡고 위아래로 흔들었다.

"dmdlkadkadk."

이 말은 알아들었다. 고마워할 것 없다고. 원래 돕고 사는
거라고.

이 미친······.

미칠 듯한 짜증이 밀려왔다.

화가 나자 가슴의 통증이 더욱 욱신거렸다.

심호흡을 몇 번 한 그는 양 손바닥을 바닥에 대고 상체를 일
으켰다. 몸을 일으키자 가슴에 엉겨 붙은 똥냄새가 진동한다.

손등으로 똥을 털어냈다. 그 때문에 손등에 똥이 묻었다. 정
말 짜증난다.

그는 차돌에 손등을 문질렀다.

도대체 뭘 먹었는지 변 냄새가 쉽게 없어지지 않았다. 먹은
것도 없는데 속이 뒤집히며 올라올 것만 같았다.

곤은 지끈거리는 머리를 부여잡았다.

끊어졌던 기억이 조금씩 되살아났다.

믿었던 카온의 배신.

그런 그를 죽인 자신.

그때의 감정이 잊히지가 않는다. 그도 만주군에게 쫓기면서
몇 번이나 사람을 죽였다.

하지만 상대를 작정하고 죽인 적은 없었다.

아무리 상대가 잘못했다고 하더라도.

곤은 카온을 찢어 죽였다.

부서진 달의 세계에 온 이후로 인성까지도 잔혹하게 변해가는 것 같아 곤은 괴로웠다.

그런데 왜 자신이 이곳에 있는 것일까.

그는 낭떠러지로 떨어졌다. 추락하는 와중에 의식을 잃었다.

뭔가에 충돌하는 느낌이 있었지만 이미 의식은 끊긴 뒤였다. 물속에 빠지는 충돌이었던 것 같다.

카온을 다시 한 번 만나 왜 그랬냐고 물어보고 싶지만 인연은 여기서 끝난 듯싶다.

이제는 다른 것을 생각하면 안 되었다. 오직 정글에서 탈출해 혜인에게 가는 방법을 찾아야만 했다.

곤은 소년을 물끄러미 바라봤다.

저 소년이 자신을 구해준 듯하다.

"마을이 가깝나?"

곤은 카온에게 배운 언어와 조선말을 섞어서 물었다. 소년은 못 알아듣겠는지 연신 고개를 갸웃거렸다.

곤은 똑같은 말을 몇 번이나 반복해야 했다. 역시 소년은 못 알아들었다.

카온과는 다르다. 카온은 눈치껏, 재주껏 알아들었는데.

무척이나 답답했다.

곤은 천천히 다시 말했다. 그제야 소년은 알아들었다는 듯 손바닥을 짝 쳤다.

"dmaldka.dad.a."

이것도 어느 정도는 알아들었다. 나는 먹을 것이 없다는 의미다.

가만히 보고 있어도, 대화를 해도 심기를 건드리는 데 탁월한 재주를 가진 꼬마였다.

무학 스님께 배운 인내심을 발휘해야 할 때였다. 몇 번 심호흡을 한 곤은 아주 천천히 소년이 알아들을 수 있게끔 한마디씩 설명했다.

"아하, dmalda, 우리 마을 dmdka.ad.a."

눈물겹다.

곤은 어금니를 꽉 깨물며 억지로 미소를 지었다.

이곳이 조선이든 중국이든 만주든 상관이 없었다. 이곳이 어디인지 확인하기만 하면 된다. 그래야 돌아갈 길을 알 수 있기에.

어서 소년의 마을로 가서 그것을 묻고 싶었다.

"dmaka 코일코. dqalgpqla."

"코일코라고? 이름 참 희한하군. 나는 곤라고 한다."

"곤?"

"그래, 곤."

코일코는 고개를 끄덕였다. 곤라는 이름이 참 촌스럽다는 생각이 들어서이다.

인간의 문명은 그리 발달하지 않은 듯하다. 문명의 척도라고 할 수 있는 문자는 있을까?

"마을은 얼마나 가야 하지?"

곤이 물었다.

코일코는 숲 너머를 가리킨 후 양손을 양쪽으로 크게 벌렸다. 많이 가야 한다는 의미 같았다.

순간 머릿속에 스치고 지나가는 것이 있었다. 그에게 가장 중요한 것은 다름 아닌 혜인의 생명이다. 그녀를 구하기 위한 단 하나의 약재, 바로 천종산삼이었다.

곤은 등을 만져 보았다. 보따리가 없다.

애초에 전투 당시부터 보따리를 가지고 있지 않았다. 보따리는 전날 머리맡에 두고 잠을 잤고, 갑작스럽게 카온과 씽이 사라지고 늑대들의 연속된 습격으로 그것을 챙기지 못했다.

빌어먹을!

쾅—

곤은 바닥을 내려쳤다.

강가 주변이라 뾰족한 차돌이 많았지만 아픈 것도 느끼지 못했다.

그저 갑갑한 마음만 가슴속에 가득 찰 뿐이었다.

이 바보 같은 놈. 그걸 가장 먼저 챙겼어야지. 혼자 미쳐서 날뛰느라 그것을 챙기지 못하다니.

이번에는 쾅 소리가 나도록 머리통을 쥐어박았다. 몇 번이나 자신의 머리를 때렸다.

곤의 갑작스러운 행동에 코일코는 황당함을 금치 못했다.

혼자서 바닥을 향해서 주먹을 치더니 이번에는 본인의 머리통을 후려친다.

되게 세게, 엄청 아프게.

인간이란 존재는 아무래도 조울증이 심한 종족 같다. 정신 나간 트롤처럼 혼자서 슬퍼하고 분노하기를 반복한다. 이런 이상한 종족을 마을로 데려가야 하는지 심각하게 고민하게 되었다.

꼬로로록.

곤의 뱃속에서 배고프다는 신호를 보내온다.

그의 얼굴이 화끈거렸다.

이렇게 아픈데도, 마음이 울적한데도 그의 의지와는 상관없이 육체는 살려고 한다. 어서 음식물을 넣으라고 경고의 신호를 보내고 있었다.

창피하고 혜인에게 미안했다.

코일코는 고개를 푹 숙이는 곤에게 다가가 어깨를 두드렸다.

그러고는 허리띠에 묶어놓은 작은 주머니를 열어 몇 개의 씨앗을 곤의 손에 쥐어주었다.

이 미개한 종족에게 자신의 사랑을 나눠 줘야 할 것만 같았다.

곤은 자신의 어깨를 두드리는 못생긴 꼬마를 바라봤다. 황당하다.

어린놈이 어른의 어깨를 두드리는 것도 모자라 적선하듯이 아몬드처럼 생긴 씨앗을 손바닥에 올려놓는 것이 아닌가.

코일코는 곤이 무척이나 기뻐한다고 여겼다. 감동의 눈빛을 보내고 있다.

인간이란 종족이 무척이나 추악하게 생기기는 했지만 나름 귀여운 면이 있는 듯하다.

그는 곤에게 그것을 먹으라고 가르쳐 주었다. 손으로 집어서 입으로 가져가는 시늉을 한다. 이 정도면 알아듣겠지 하고 여기면서.

곤은 씨앗을 입으로 가져갔다.

버르장머리 없는 꼬마지만 나름 선의를 베푼다. 일단 먹어야 한다. 살아남은 것에 감사하며 무슨 일이 있어도 살아남아 반드시 천종산삼을 되찾을 것이다.

그러기 위해서는 일단 몸을 회복해야 했다.

씨앗을 입으로 가져갔다.

견과류처럼 생겨 단단할 줄 알았는데 생각보다 훨씬 부드러웠다. 해바라기 씨앗을 씹는 기분이랄까. 단맛과 신맛이 섞인 맛이다. 제법 먹을 만했다. 몇 개 씹지도 않았는데 허기가 빠르게 줄어들었다.

"어때? 맛있지?"

코일코가 물었다.

맛있냐는 말은 알고 있었다.

곤은 고개를 끄덕였다.

그가 고개를 끄덕이자 코일코는 만족한 미소를 지었다.

"그건 우즈파파라는 나무의 씨앗이야. 씨앗도 먹을 수 있고 뿌리, 줄기, 잎사귀도 먹을 수 있지. 우리 오크에게는 없어서는 안 될 중요한 식량 중에 하나야."

코일코의 말이 빨라서 거의 알아듣지 못했다. 단지 대부분이 먹을 수 있다는 것만 알아들었다.

곤과 코일코는 씨앗을 먹으며 여러 가지 이야기를 했다. 코일코가 말하면 곤이 고개를 끄덕이는 대화였다. 말이 꽤나 많은 꼬마였지만 덕분에 이곳에 대해서 여러 가지 상황을 알 수가 있었다.

코일코가 일곱 살이라는 것과 또래 친구들에게 따돌림을 받는다는 사실을.

또한 살롱쿠기라는 샤먼이 코일코에게 그를 구해주라고 했다고 한다.

그의 말을 어느 정도 알아들은 곤은 신비한 느낌을 지울 수가 없었다.

자신이 이곳에 올 줄 미리 알았다고?

예지 능력이 있는 주술사가 있는 마을이라……. 중국에도 아라사에도 오랫동안 한곳에 정착한 마을에는 거의 주술사가 존재했다.

그런 마을들은 공통적으로 주술사의 권위가 가장 강했다.

하지만 그들은 괴이한 의식으로 사람들의 눈을 가리고 거짓말을 밥 먹듯이 했다.

코일코가 말한 것처럼 예지 능력을 가진 주술사는 이제껏 단 한 번도 본 적이 없었다.

아니, 직접 보기 전까지는 믿지 않을 생각이다.

"해가 지려고 하네. 이봐요, 인간 아저씨. 몸 상태가 좀 나아 졌으면 이제 슬슬 일어나죠. 해가 지기 전에 마을로 돌아가야 해요."

코일코는 엉덩이를 털면서 자리에서 일어났다.

밤이 되면 온갖 사나운 짐승이 나타난다.

아무리 전사의 종족이라고 할 수 있는 오크라고 해도 어둠 이 내려앉은 정글을 홀로 돌아다니는 것은 무척이나 위험했 다.

아직 성인이 되지 못한 아이라면 더더욱.

고개를 끄덕인 곤은 몸을 움직였다. 살짝만 움직여도 상처 부위가 욱신거렸다.

그래도 처음보다는 한결 나아졌다. 입에서 거품이 일어날 정도의 고통은 일어나지 않았다.

몸을 일으키던 곤의 두 눈이 동그랗게 떠졌다. 입술이 굳게 닫혔다.

도대체 왜 자꾸 이런 일이 벌어지는 거냐고 외칠 수도 없었 다.

코일코의 등 뒤에서 거대한 뱀이 스스륵 일어나고 있었다. 보통 거대한 뱀이 아니었다.

둘레가 성인의 몸통만 하다.

햇빛에 비친 회색 비늘은 아름답기보다 서늘한 느낌을 주었 다.

"왜요, 아저씨?"

코일코는 온몸이 뻣뻣해져서 움직이지 못하고 있는 곤을 보며 물었다.

거대한 뱀이 천천히 입을 벌리고 있었다. 입 끝부분에 있는 두 개의 날카로운 독침이 눈에 띈다. 아가리를 벌린 뱀은 코일코를 향해서 곧바로 달려들었다.

"이런 젠장!"

곤은 몸을 날렸다.

정상적이지 못한 몸이 움직이자 뼈와 근육이 삐거덕거리며 비명을 질러댔다.

그렇다고 가만히 있을 수는 없었다. 그는 있는 힘껏 코일코를 밀었다. 코일코가 곤에게 밀려서 뒤로 넘어지고 말았다.

"크흑."

코일코 대신 곤이 거대한 뱀에게 물렸다. 날카로운 독침이 허리를 뚫고 들어왔다.

독이 흘러들어 온다.

독이 몸속으로 들어오는 것이 확연하게 느껴졌다. 하지만 독에 중독되거나 마비되지는 않았다. 오히려 조금이지만 상쾌한 기분까지 들었다. 하도 중독되다 보니 이젠 아예 적응이 된 모양이다.

거대한 뱀이 고개를 들어 올렸다.

족히 10m 이상 허공으로 떠올랐다.

"으, 으악! 마, 마쉬 스네이크!"

코일코는 기겁하고 말았다. 설마 이곳에 마쉬 스네이크가 나타날 줄 몰랐다.

마쉬 스네이크는 늪에 사는 거대한 뱀이다.

작은 놈도 10m 정도 되고 큰 놈은 20m 가까이 되었다.

생명도 길어서 최소 30년에서 최대 60년까지 산다고 알려져 있었다.

늪의 괴물이라는 히드라와 더불어 오크에게는 가장 무서운 놈들 중 하나였다.

그러나 놈들은 개체수가 적었다. 개체수가 적고 군집 생활을 하기에 늪에서 나올 경우는 거의 없었다.

코일코가 있는 햄버 강 중류에서 마쉬 스네이크의 서식지인 늪까지는 족히 나흘 이상 걸린다.

그렇기에 마쉬 스네이크가 이곳에 나타난 것이 이해가 되지 않았다.

"으으으으."

코일코는 부들부들 떨었다.

뱀 앞의 생쥐가 된 꼴이다.

마쉬 스네이크가 내뿜은 강렬한 사념에 의해 코일코는 꼼짝도 하지 못했다. 팔다리가 마구 떨리고 비명도 나오지 않았다.

주르르륵.

너무나 겁을 먹어서인지 소변을 지렸다.

"크흐흑!"

허공으로 떠오른 곤은 육체가 내지르는 고통으로 인해 미칠 것만 같았다. 독에 중독되지는 않았지만 놈의 입에서 빠져나가지를 못했다.

이 거대한 뱀은 자신을 통째로 먹을 속셈인 것 같았다.

달이 부서진 세계에서 홀로 헤매는 것도 미칠 지경인데 뱀의 먹이로 전락하기까지 하자 울분이 터질 것만 같았다.

"빌어먹을 놈의 뱀 새끼! 나를 먹겠다고? 그래, 한번 먹어봐! 어디 꾸역꾸역 씹어서 먹어보라고!"

곤은 주먹으로 마쉬 스네이크의 콧잔등을 내려쳤다. 있는 힘껏 내려쳤지만 꿈쩍도 하지 않는다.

퍽! 퍽! 퍽! 퍽!

계속해서 내려쳤다.

은색 비늘은 철판을 덧댄 것처럼 두꺼웠다.

내려치는 손등이 아프다.

얼마나 강하게 내려쳤는지 손등이 금방 벗겨졌다. 벗겨진 피부에서 피가 흘러내렸다.

그래도 멈추지 않고 계속해서 내려쳤다.

"그래, 너 잘났다! 나 정도는 아무것도 아니란 말이지! 그럼 쩝쩝 씹어서 먹어봐라! 어차피 나도 이판사판이야! 한번 죽여보라고!"

곤은 악에 받쳐 소리를 질러댔다. 어차피 더 이상 잃을 것도 없었다.

그는 마쉬 스네이크의 눈을 향해서 주먹을 내질렀다. 그런데 닿지 않는다.

"그냥 당할 줄 알고!"

곤은 손가락을 펴서 마쉬 스네이크의 눈을 찔렀다.

이번에는 손가락 끝이 닿았다.

눈동자에 손가락이 닿자 꽤나 아픈 모양이다. 마쉬 스네이크는 눈동자를 껌뻑이며 고개를 좌우로 흔들었다.

"아프냐? 아프냐고, 뱀 새끼야!"

곤은 양손 끝을 펴서 마쉬 스네이크의 눈동자를 계속해서 찔러댔다. 충격으로 손가락 끝이 휘어졌다.

골절이 된 모양이다.

그는 있는 힘껏 양 손가락을 휘둘러 뱀의 눈을 더욱 힘껏 찔러댔다.

"죽어! 죽으란 말이야!"

두꺼운 은색 비늘로 덮여 있는 매끈한 몸체와는 다른 모양이었다. 곤의 독기가 통했는지 손가락 끝이 놈의 눈동자를 뚫고 들어갔다.

쿠오오오오오!

마쉬 스네이크가 고통에 찬 괴성을 질러댔다.

덕분에 곤은 마쉬 스네이크의 입에서 벗어날 수가 있었다. 하지만 10m가 넘는 높이에서 떨어진 곤은 큰 상처를 입고 말았다.

"크흑."

한쪽 다리가 이상하게 휘었다.

다리가 부러진 고통은 생각보다 훨씬 컸다. 그는 한쪽 다리를 부여잡고 신음을 흘렸다.

쿠쿠쿵!

화가 난 마쉬 스네이크가 발작을 일으켰다.

놈의 육중하고 긴 몸통이 움직일 때마다 주변의 돌이 사방으로 튀었다.

작은 돌은 물론이고 바윗돌이라고 부를 만한 크기의 돌들이 곤의 머리 위로 날아다녔다.

"이건 미친 거야. 이런 세상이 있을 리가 없다고."

곤은 머리를 수그린 채 팔의 근력만 이용해서 몸을 끌었다.

저 미친 뱀으로부터 조금이라도 떨어지기 위함이었다. 이곳에 계속 있다가는 미친 뱀의 몸통에 깔려 죽든지 바위에 맞아 죽든지 할 터였다.

"아저씨, 빨리요!"

어느새 나타난 코일코가 곤의 손을 잡아당겼다. 지푸라기라도 잡는 심정이다.

저토록 어린 코일코가 위험을 무릅쓰고 자신을 돕는 것이 무척이나 고마웠다.

코일코는 생각보다 힘이 셌다. 그가 있는 힘껏 끌자 곤의 몸이 앞으로 쑥쑥 끌려갔다.

그래도 놈에게서 벗어나기란 쉽지 않았다.

한동안 성이 나서 발버둥 치던 마쉬 스네이크의 움직임이 멈췄다.

마쉬 스네이크는 자신에게 상처를 입힌 곤을 똑바로 바라봤다.

쿠오오오오!

머리는 반쯤 뒤틀며 흔들던 마쉬 스네이크가 사나운 이빨을 드러내며 곤을 향해서 달려들었다.

"으으윽! 아저씨, 빨리빨리요!"

다급해진 코일코가 곤의 팔을 잡고 있는 힘껏 끌었다. 거친 바위로 이뤄진 바닥에 배가 긁혔다. 상처가 벌어지며 피가 흘러나왔다.

쿠쿠쿵!

코일코가 재빠르게 곤을 끄는 덕분에 마쉬 스네이크의 첫 번째 공격을 피할 수가 있었다.

마쉬 스네이크의 머리통이 곤의 발밑에 떨어졌다. 강렬한 폭음과 함께 돌들이 사방으로 튕겼다.

"무슨 머리통이 저리도 강해?"

코일코는 비명에 가까운 소리를 내질렀다.

바위를 박살 낸 마쉬 스네이크가 고개를 들었다. 머리에 붙은 작은 돌들을 털어낸 후 아가리를 벌리고 곤에게 덤벼들었다.

"으으윽!"

더 이상 도망을 칠 수가 없었다. 놈의 아가리가 곤의 하체를 집어삼켰다.

"아, 안 돼!"

코일코가 최선을 다해 곤을 잡아당겼지만 소용없었다.

조금씩 조금씩 곤은 마쉬 스네이크의 입속으로 삼켜졌다.

"이 뱀 새끼! 이대로 당할 줄 알고!"

곤은 손톱 끝으로 놈의 목구멍을 마구 찔렀다.

단단한 비늘과는 달리 속살은 무척이나 약했다. 손톱으로 찌르고 긁어내자 체액이 마구 뿜어져 나왔다.

쿠오오오오!

마쉬 스네이크가 고통에 몸부림을 쳤다. 입안에 커다란 가시가 박혔을 때와 비슷한 고통일 것이다.

마쉬 스네이크가 몸부림을 칠수록 곤은 점점 밑으로 흘러내려 갔다.

아무리 손톱으로 놈의 위벽에 상처를 내도 빠져나갈 수는 없었다.

그는 꼼짝도 못하고 갇히고 말았다.

놈의 위장 속으로 들어가자 숨이 턱턱 막혔다.

하체가 으스러지고 있다는 것이 느껴졌다. 거대한 바위에 눌려서 사지가 박살 난다면 이런 기분이 들지도.

점점 놈의 위장 속으로 빨려들어 간다. 남은 부분은 머리 부위밖에 없었다.

조금만 더 들어가면 산 채로 놈의 위장 속에 녹아 없어지고 말 것이다.

그때였다.

파공음이 들리며 수많은 창이 허공을 날아 마쉬 스네이크의 몸에 박혔다.

창에 맞은 마쉬 스네이크는 전신을 마구 흔들었다. 놈의 발버둥으로 인해 주변이 초토화되었다.

곧이어 건장한 체구의 사내 수십 명이 모습을 드러냈다.

하의는 입고 있지만 상의는 벗고 있다.

그들 모두의 손에는 검과 도끼가 들려 있었다.

용맹스럽게도 그들은 마쉬 스네이크를 향해서 고함을 지르며 달려왔다.

의식이 흐려지고 있는 곤이 마지막으로 느낀 것은 그들의 얼굴이 코일코와 똑같이 못생겼다는 것이다.

Chapter 7. 그들과의 일상

곤은 시끄럽게 울려대는 꽥꽥 소리에 잃었던 정신을 되찾았다.

이제는 정신을 잃는 것이 일상화가 됐다. 원래 이런 놈이 아니었는데.

완전 허약 체질이 된 것 같았다.

그는 천천히 눈을 떠보았다.

도대체 몇 번이나 정신을 잃어야 하는 것일까. 이 말도 안되는 정글을 헤매면서 대여섯 번은 정신을 잃은 것 같다.

살아오면서 단 한 번도 정신을 잃어본 적이 없는 곤이다.

누군가와 싸움이 나서 주먹질을 했을 때도, 개성에서 사다함 패거리에게 몰매를 맞았을 때도, 천종산삼을 구하기 위해 백두산을 보름간 헤매다 수십 미터를 굴러 떨어졌을 때도 의식을 잃지 않았다.

그런데 이곳에서는 시도 때도 없이 의식을 잃었다.

혜인이가 이 사실을 알게 된다면 배꼽을 잡고 깔깔거리며 웃을 것이다.

"그나저나 이곳은 어디지?"

마지막으로 각막에 각인된 장면은 못생기다 못해서 살벌하게 생긴 건장한 사내들이 떼를 지어서 뱀을 공격하는 장면이었다.

혹시 그들이 자신을 살려준 것일까. 그럴 가능성이 없지는 않았다.

계속해서 누군가에게 도움을 받는다.

한심했다.

이렇게 나약한 자신이.

그는 주위를 돌아봤다.

천막 안에 누워 있는 듯싶다.

천막 한쪽 구석에는 모닥불이 피어 있고 바닥 곳곳에는 털이 수북한 가죽이 깔려 있다. 몽골에서 본 유목민의 천막과 비슷했다.

거대한 뱀의 뱃속에 있어야 할 자신이 이곳에 누워 있다는 것은 덩치 좋고 못생긴 그들에게 구함을 받았다는 것을 뜻한다.

"이건 무슨 냄새야?"

곤은 얼굴 근육을 일그러뜨렸다.

그는 자신이 덮고 있는 이불을 보았다. 이불이 아니라 털이 가득한 담요였다.

털은 부드러웠지만 악취가 심했다. 오랫동안 빨지 않고 그대로 쓴 듯했다.

악취가 심해서 담요를 밑으로 내렸다. 담요를 내리자 가슴의 상처가 보였다.

"아, 또!"

이번에도 똥으로 보이는 그것이 가슴의 상처를 메우고 있었다.

담요에서 나는 악취보다 심했다.

똥이 분명했다.

속이 울렁거려서 참을 수가 없었다. 그는 손가락 끝으로 가슴에 붙어 있는 똥을 툭툭 쳐냈다. 손끝에도 냄새가 뱄다. 머리가 빙빙 돌 지경이다.

숨을 참을 수가 없어서 그는 몸을 일으켰다.

"크흑."

몸을 일으키다가 주저앉을 뻔했다. 골절된 다리가 무척이나 아파왔다.

다행히도 부러진 다리에는 부목이 대어져 있었다.

코일코의 마을 사람들이 친절하게 치료를 해준 모양이다. 가슴에 분뇨를 묻힌 것과 냄새가 심하게 나는 것만 빼면 고마움이 느껴졌다.

"일어났어요?"

코일코가 천막 안으로 들어왔다. 소년의 얼굴은 밝았다.

소년이 미소를 짓자 어쩐지 섬뜩하다는 느낌이 들었다. 살벌한 얼굴 때문인 것 같다.

이 소년이 자라면 얼마나 살벌한 얼굴이 될지 감히 상상이 되지 않았다.

만주에서 가장 유명한 주먹이라는 시라소니도 이 소년의 얼굴을 본다면 먼저 시비를 걸지 못할 듯싶었다.

"여긴 어디지?"

곤이 물었다.

"아직 무슨 말인지 잘 못 알아듣겠어요. 천천히 말씀해 주시겠어요?"

이번에는 곤이 못 알아들었다. 그는 어깨를 으쓱거린 후 다시 말해달라고 했다. 약간의 의사소통만 되니 그것이 더욱 답답했다.

한참이나 둘이서 손짓발짓을 해가며 서로의 뜻을 이해시켰다.

"이곳이 너희 마을이라고?"

"네. 대부분의 오크들이 아저씨를 보고 신기해하고 있어요. 혼자서 마쉬 스네이크와 사투를 벌인 것을 보고 무척이나 놀랐나 봐요. 하긴 전사라고 하더라도 마쉬 스네이크와 단독으로 붙을 생각은 하지 못하니까요."

말이 너무 빠르다.

이 꼬마는 흥분하면 말이 빨라지는 경향이 있는 듯했다. 어쨌든 대충은 알아들었다.

그 큰 뱀과 싸우는 자신을 보고 마을 사람들이 미쳤다고 생각하는 모양이다.

그러고 싶어서 그랬겠는가. 평상시라면 아무리 담이 강한 자라고 해도 그렇게 거대한 뱀과 싸울 생각은 하지 않을 것이다.

"인간 아저씨, 아저씨 덕분에 마쉬 스네이크를 잡았어요. 그 몬스터를 잡은 것이 10년 만이라고 하네요. 완전 축제예요. 움직일 수 있어요?"

10년 만에 처음 보는 멍청이라는 소리 같다. 아무리 잘 못 알아듣는 다고 하더라도 너무 얕본다. 그나저나 축제라니…….

"다리가 조금 아프긴 한데……."

"어디 봐요."

코일코가 담요를 걷어서 곤의 다리를 확인했다. 골절된 다리의 붓기가 빠르게 가라앉고 있었다.

이대로 며칠만 있으면 다리의 뼈는 제대로 붙을 것 같다.

완전히 걸을 수 있기까지는 보름이면 족할 것이다.

"역시 마쉬 스네이크의 피가 좋긴 좋네요. 샤먼 살롱쿠기가 말씀하시길 '그랑쥬리 정글에는 세 가지 월등한 약이 있다. 하나는 뼈와 근육을 단단하게 만들어주는 마쉬 스네이크의 피,

하나는 내상 치료에 탁월한 효과를 발휘하는 만드라고라, 마지막으로 모든 독을 해독할 수 있는 넥타르가 있다'고 했죠. 이제껏 살아오면서 마쉬 스네이크의 피는 처음 봤어요."

곤의 얼굴이 다시 구겨졌다.

어쩐지 사지가 꽤나 아프다고 했더니 독을 마셨다는 것 같다.

거대한 뱀의 피는 역시 극독인 듯했다. 그리고 만드라고라와 넥타르라는 것도 기억했다. 셋 모두 극독을 가진 것이 확실했다.

반드시 조심, 또 조심해야 할 것들이었다.

다시금 오크라는 부족민에게 고마움이 느껴졌다.

이들이 아니었다면 거대한 뱀의 뱃속에서 처참하게 죽어갔을 테니까.

"한번 일어나 보세요. 약의 효과가 정말이라면 움직이는 데 큰 지장이 없을 거예요."

코일코가 곤의 팔을 잡고 몸을 일으켰다. 곤은 작은 소년을 의지에서 천천히 일어나 부목을 댄 다리를 바닥에 내려놓았다.

"크흑."

상당히 따끔거렸다. 그렇다고 걸을 수 없을 정도는 아니었다.

반대쪽 다리를 지지대 삼아서 움직인다면 어느 정도의 거동이 가능했다. 오크족이라는 사람들의 민간요법이 나쁘지 않다고 여겨졌다.

곤은 코일코에게 의지해서 절룩거리며 천막을 나왔다. 밖은 어두웠다.

어느새 어둠이 몰려와 부서진 커다란 달이 세상을 밝히고 있었다.

마을에서는 축제가 벌어진 모양이었다.

마을 광장으로 보이는 중앙에는 삼단으로 높게 쌓은 장작이 힘차게 타오르고 있고 주변을 남성들이 창을 들고 '꾸엑꾸엑' 하는 기괴한 소리를 내며 돌고 있었다.

얼굴은 반반 나누어 검은색과 붉은색으로 칠했다.

팔과 가슴, 등에는 사나운 동물들이 그려져 있다.

"인간 아저씨 덕분에 오랜만의 축제예요. 아저씨 덕분이니까 실컷 드셔도 돼요."

이번 말은 확실히 알아들었다.

내가 먹이 역할을 한 덕분에 거대한 뱀을 어렵지 않게 잡았다는 말이다.

젠장, 갑자기 기분이 나빠졌다.

곤은 오크족이라는 사람들을 찬찬히 뜯어봤다.

저절로 눈살이 찌푸려졌다.

차마 말로 표현할 수가 없었다. 너무도 살벌하게 생겼다.

만주에서 맹위를 떨치는 마적단도 저들보다 무섭게 생기지는 않았을 것이다.

들창코에 두툼한 입술, 쭉 찢어진 눈.

하나같이 비슷비슷하게 살벌해 도저히 저들과 눈을 마주칠 수가 없었다.

그 악독한 일본군 헌병대들이 앞에 있다고 해도 당당하게 맞서던 곤이지만 저들과 얼굴을 마주 보고는 말을 할 자신이 없었다.

또한 덩치는 어떠한가.

팔뚝의 굵기가 보통 여자의 허리 정도 되었다. 통나무라고 해도 믿을 정도이다.

한 명만 그런 것이 아니었다. 오크족 전원의 몸이 그러했다.

도대체 뭘 먹으면 저렇게 되는지 신기했다.

여성들은?

곤은 손뼉을 치며 허리를 흔들고 있는 여성 오크족을 바라봤다. 그중에 한 여인과 눈이 마주쳤다.

곤은 살포시 눈을 깔았다.

역시 똑같다.

쭉 찢어진 눈, 두툼한 입술, 들창코.

살벌하다.

발목까지 내려오는 긴 치마와 꼬아서 만든 머리카락이 아니었다면 남성이라고 오해할 만한 외모다.

한 거구의 남성이 앞으로 나와 창을 흔들었다.

"dmdladladka!"

뭐라고 외친다. 언뜻 듣기로는 신 어쩌고저쩌고 하는 것 같았다.

"dmaldkaldaka!"

다른 오크들이 한 손을 들고 외쳤다.

비슷한 말일 것이다.

몇몇 오크족 남성이 시뻘겋게 달아오른 숯을 맨손으로 뒤졌다.

조선이었다면 저런 행동을 보고 깜짝 놀라 말렸을 테지만 이제는 저 정도 가지고는 놀랍지도 않았다.

불속에서 목욕을 한다고 하더라도 그러려니 넘어갈 수 있을 것 같았다.

숯을 치우자 안에서 커다란 나뭇잎이 나왔다. 나뭇잎을 밖으로 끄집어내어 열자 안에는 잘 익은 훈제 고기가 가득 담겨 있었다.

고소한 냄새가 진동한다.

배에서 꼬르륵 소리가 났다.

거구의 사내는 마을 사람들에게 골고루 훈제 고기를 나눠주었다.

나이가 많은 오크족부터 어린 오크족까지 똑같이 분배한다. 아이들은 입에 기름을 잔뜩 묻히며 훈제 고기를 뜯어 먹었다.

그 사내는 한 덩이의 고기를 가지고 곤의 앞으로 와서 내밀었다.

"아차. 인간 아저씨, 우리 아버지예요."

"아버지?"

"네, 황색 오크족의 족장이죠."

코일코가 자랑스럽게 말했다.

고개를 끄덕인 곤은 고기 한 덩이를 받고는 한 손을 내밀어 악수를 청했다.

"처음 뵙겠습니다. 곤이라고 합니다."

순간 바위의 전사 그루젤리의 안색이 변했다. 그뿐만이 아니었다.

흥에 겨워 춤을 추던 모든 오크의 움직임이 멈췄다. 그들은 어이가 없다는 표정으로 곤을 바라봤다. 뭔가 분위기가 심상치 않았다.

왜?

그것을 알 도리는 없었다.

"dmdlkadla!"

그루젤리가 거칠게 언성을 높였다.

그의 위압감에 곤은 자신도 모르게 몇 발자국 뒤로 물러나고 말았다.

"정말이에요, 아저씨?"

코일코가 다급하게 물었다.

"뭐가?"

"아버지에게 결투 신청을 한 거냐고요. 정말 인간이란 종족은 알 수가 없네요. 호의를 베풀었는데 갑자기 결투 신청이라니요."

내가? 언제?

곤은 당황할 수밖에 없었다.

그가 한 행동은 오크족의 부족장인 그루젤리에게 악수를 청한 일밖에 없었다.

악수?

아, 그거였구나.

설마 악수가 이들에게는 결투를 신청하는 행위일 줄이야.

"이봐, 꼬마야. 아버지에게 잘 얘기해 주겠니? 우리에게 악수란 상대방과의 인사를 얘기하는 거야. 절대 결투 신청이 아니란 말이야."

"정말이에요?"

"정말이고말고."

"정말 희한한 풍습이네."

고개를 갸웃거린 코일코가 아버지인 그루젤리에게 다가가서 말했다.

"아버지, 저기 인간 아저씨가 그러는데요, 인간들은 먼저 결투를 해야만 친해질 수 있다네요. 저희와는 다른 풍습인가 봐요. 그러니까 절대 악의로 결투 신청을 한 것이 아니란 말이죠."

미묘한 어감의 차이는 불행을 야기했다.

고개를 끄덕인 그루젤리는 사악하게 씨익 웃고는 들고 있던 창을 앞으로 내밀었다.

그리고 기합 소리와 함께 곤을 향해 맹렬하게 달려들었다.

갑작스러운 상황 변화에 곤은 미처 대처하지 못했다. 그는 다시 한 번 의식이 먼 나라로 떠나가는 것을 경험해야만 했다.

의식이 사라지는 와중에 가장 안타까운 것은 손에 들고 있던 훈제 고기를 바닥에 떨어뜨린 것이다.

한 입도 먹어보지 못하고…….

눈물이 나도록 억울했다.

곤이 쓰러지는 것을 본 여성 오크들이 혀를 찼다. 저렇게 약한 자가 있나 한심하다는 표정이다.

키만 멀대같이 컸지 쓸모라고는 없어 보인다.

팔도 가늘고 다리도 가늘었다.

더군다나 더럽게 못생겼다.

"얘, 코이야, 네가 춤출 때 저 인간이 너를 훔쳐봤다."

코이의 친구인 구루구루가 웃으면서 말했다.

"무슨 말이야?"

코이는 기분 나쁘다는 투로 구루구루를 향해서 눈을 흘겼다.

코이가 누구인가.

미혼인 모든 오크 남성들의 열렬한 구애를 받고 있는 황색 오크족 최고의 미녀였다.

남성 오크들도 쉽사리 들지 못하는 바위들을 번쩍번쩍 들어올리는 괴력을 가졌고, 하늘 끝에서 날고 있는 새의 움직임도 잡아낼 수 있는 초인적인 시력도 보유했다.

그뿐만이 아니었다.

코이는 혼자서 트롤을 잡은 적이 있을 정도로 무시무시한 실력을 자랑했다.

만약 그녀가 남성 오크로 태어났다면 정화의 용자 헝가스를 제치고 차기 부족장이 되었을 것이란 소문도 심심찮게 들릴 정도였다.

그런 코이의 눈에 허약하고 못생긴 인간이 애정이 담긴 눈으로 쳐다봤다는 것은 치욕 중의 치욕이었다.

만약 그가 인간이 아닌 오크였다면 당장 검을 빼 들고 결투를 신청했을 것이다.

그리고 그녀는 코일코의 하나뿐인 누나이기도 했다.

"왜, 그래도 신기하잖아. 인간이라잖아. 우리 피랜드 대륙을 지배하고 있는 인간. 저렇게 보여도 우리가 모르는 어떤 능력이 있지 않을까?"

구루구루는 호기심이 가득한 눈길로 곤을 보며 말했다.

"야, 눈 썩는다. 보지 마라. 그리고 말이야, 난 아무리 능력이 있어도 못생긴 건 사절이야. 최소한 기본은 돼야지, 기본은. 저렇게 생겨가지고 어딜 넘봐?"

코이는 콧방귀를 뀌었다.

곤이 코이와 구루구루의 말을 들었다면 자괴감에 빠져 우울증에 걸렸을지도 모를 일이다.

*   *   *

"아이참, 미안하다니까요."

코일코는 아침부터 와서 곤을 귀찮게 했다.

그의 이마가 퉁퉁 부어 있다.

코일코의 말에 따르자면 아주 가볍게 친 것이라고 한다. 아빠가 아이들과 장난을 칠 때처럼 아주 가볍게.

그런데 기절을 했다.

이마에는 혹부리영감처럼 커다란 혹이 나 있고 욱신거릴 정도로 아팠다.

곤은 자신이 왜 맞았는지 코일코에게 자초지종을 설명하라고 말했다.

코일코는 자신이 한 말을 그대로 전해주었다. 그의 말을 들은 곤은 길게 한숨을 내쉬었다.

서로의 문맥이 맞지 않아서 벌어진 일이었다. 아예 말을 몰랐으면 이러지 않았을 것이다. 약간의 의사소통이 되니 오역이 난무했다.

"그런데 나를 왜 찾았니?"

곤은 천천히 길게 호흡하며 말했다.

코일코는 금방 알아들었다.

"아, 맞다. 샤먼 살롱쿠기가 인간 아저씨를 뵙고 싶어 해요. 아주 위대하신 분이니까 특별히 예의를 잘 갖춰야 할 거예요."

샤먼 살롱쿠기라……. 그렇지 않아도 만나보고 싶었다.

예지를 할 수 있을 정도의 현명한 자라면 자신이 어디에 있는지, 이곳을 나갈 수 있는 방법은 무엇인지 가르쳐 줄 수 있을 것 같았다.

"좋아, 가지."

곤이 천천히 일어섰다. 아직 부러진 다리가 낫지 않아서 혼자서 움직일 수가 없었다.

미리 예상했는지 코일코는 그가 잡고 거동할 수 있도록 긴 나무 막대기를 가져다주었다.

"불편하시면 제가 부축할까요?"

나무 막대기를 잡고도 절룩거리는 곤을 보며 코일코가 물었다.

"됐다. 앞장서."

"예."

코일코는 콧노래를 흥얼거리며 앞장서서 걸어갔다.

그동안 무던히도 괴롭히던 습한 날씨는 웬일인지 맑고 쾌청했다.

그것이 코일코의 기분을 좋게 한 모양이다. 아니면 다른 이유가 있든지.

곤은 소년의 뒤를 따랐다. 한쪽 발이 바닥에 닿을 때마다 발끝에서부터 찌르르 충격이 왔다. 걷기도 불편했다. 그는 구두를 벗어버렸다.

신고 있던 검은색 양말도 벗었다.

한결 시원했다.

오랫동안 씻지 않아 고린내가 진동했지만 오크들이 입고 있는 옷이나 담요에 비해서는 훨씬 양호했다.

길을 닦아놓아서 그런지 맨발로 다녀도 큰 문제가 없었다.

오히려 상쾌한 기분이 들었다.

맨발로 거리를 거닌다는 것도 나쁘지 않았다.

생각해 보니 무학 스님도 맨발로 생활했다.

밤이건 아침이건, 여름이건 겨울이건 한 번도 그분이 양말이나 버선을 신는 것을 본 적이 없다.

언제가 곤이 왜 스님은 양말을 신지 않느냐고 물은 적이 있다. 춥지 않느냐고, 그러다가 동상 걸리면 큰일이라고.

무학 스님은 허허 웃으면서 대답했다.

"이놈아, 발이란 모든 혈의 중심이다. 심장에서 나온 피는 동맥과 정맥으로 나눠져 전신을 돌고 돌지. 그리고 마지막으로 닿는 곳이 바로 발이다. 발로 사람의 건강도 알 수 있지. 심장이 뛰는 힘이 약하면 피는 발까지 오지 않는다. 그럼 사람의 기력은 약해지고 하체가 부실해진다. 단전을 튼튼히 하고 기를 모으기 위해서 가장 단련시켜야 할 곳이 바로 발이란 소리다."

전혀 이해할 수 없는 말이었다.

그러나 지금은 아주 조금 그분의 뜻을 알 것 같았다. 단지 발을 보호하기 위해서 감싸고 있던 양말과 신발을 벗었을 뿐인데 느껴지는 이 자유로움이란 놀랍다는 말로밖에 표현할 수가 없었다.

청량감마저 느낀 곤은 코일코의 뒤를 좇았다. 종종 작은 돌이 발바닥에 박혀 굉장히 아팠다.

하지만 아픈 것만큼 시원한 느낌도 강했다. 신기한 경험이었다.

어쨌든 다리가 나을 때까지 당분간 맨발로 다녀봐야겠다고 생각했다.

샤먼 살롱쿠기의 거처는 마을에서 조금 떨어져 있었다. 오르막길을 한참이나 올라야 했다. 부러진 다리로 쉼 없이 갈 수 있는 거리는 아니었다.

식은땀이 비 오듯이 흐른다.

체력이 그만큼 약해진 것이다.

그는 언덕 중턱에 있는 바위에 앉아서 숨을 돌렸다. 신기하게도 다리의 아픔은 시간이 갈수록 줄어들었다. 뱀의 독을 마셨다고 했지만 몸 상태는 나쁘지 않았다. 오히려 좋아진 느낌이다.

다리가 부러지고 체력이 약해졌지만 머리는 맑고 장기들은 제 기능을 했다.

이것도 천종산삼의 효능일까.

알 수 없는 일이었다.

"인간 아저씨."

"왜?"

코일코는 계속 뒤처지는 곤을 말없이 기다려 줬다. 조금은 천방지축이고 성격이 가벼운 것 같지만 나름 배려라는 것을 알고 있는 꼬마였다. 의리도 있었다.

거대한 뱀이 습격했을 당시 무척이나 무서웠을 텐데 소년은 목숨을 걸고 그를 도와주었다.

고마웠다.

"인간 세계는 어때요?"

"인간 세계?"

곤은 고개를 갸웃거렸다. 문명 세계를 말하는 것일까. 그러고 보니 자꾸만 인간이라고 부르는 것이 거북했다.

인간과 오크 사이에 경계를 정해놓고 말하는 것 같은 기분이 들었다.

그 말이 거북스럽게 들리는 가장 큰 이유는 이곳이 그가 살던 세상이 아닐지도 모른다는 불안감 때문인지도 몰랐다.

그렇기에 의식적으로 그 마음을 짓눌렀다.

"네, 저는 인간 세계에 대해서 하나도 모르거든요. 아버지는 그런 것에 신경 쓰지 말라고 화만 내고."

"글쎄다. 내가 아는 건 평화롭지 않다는 거야."

그가 살던 조선은 살아 있는 지옥이었다. 하루가 멀다 하고 일본군이 젊은 남녀를 징발해 갔고, 언어와 문자는 말살당했으며, 수탈은 심했다. 굶어 죽는 사람들이 부지기수로 속출했다.

"역시 그렇군요. 인간들은 전쟁을 무척이나 좋아한다고 하던데."

"전쟁이라……."

생각하고 싶지도 않은 단어이다.

"인간이란 권력을 잡으면 추악해지지. 나라도 민족도 팔아먹을 만큼."

무슨 말인지 알아듣지 못한 코일코는 시큰둥한 표정을 지었다.

"부족을 팔아먹어요? 같은 종족을 먹는다는 소리인가요?"

"생존을 위해서 그런다면 차라리 그것이 나을지도……. 자, 일어나자. 나중에 말이 통하게 되면 자세히 얘기해 주마."

"네? 아, 네, 알았어요."

곤은 나무 막대기를 집고 바위에서 일어났다. 코일코도 따라 일어나 앞장섰다.

조금 더 언덕을 오르자 샤먼 살롱쿠기의 거처가 나왔다. 그의 거처 50m 전방에서부터 온갖 색깔의 깃발이 나부끼고 있었다.

"이 깃발들은 재앙을 다스리는 주술이 담긴 부적이에요."

"뭐를 다스린다고?"

"재앙이요, 재~ 앙."

"아, 재앙? 그걸 어떻게 다스리지?"

"저희는 못해요. 오직 자연과 동화될 수 있는 샤먼들만이 할 수 있죠. 만 가지 병, 폭풍의 분노, 대지의 참살, 죽은 자의 부활, 망령의 습격 등 수많은 재앙을 다스리죠. 하지만 지금은 재앙을 막을 수만 있지 다스릴 수 있는 샤먼은 존재하지 않는대요."

무당들의 주술과도 같은 모양이다.

"왜 다스리지 못하지?"

"대샤먼 크레타스와 말린이 후세를 남기지 않고 사라졌거든요. 벌써 100년도 넘었을걸요. 그렇다고 하더라도 저희 살롱쿠기는 대단한 샤먼이에요."

곤은 고개를 끄덕였다.

코일코는 자랑스럽게 얘기하지만 그다지 알고 싶지 않았다. 그가 알고 싶은 것은 이곳에서 벗어날 수 있는 방법 하나뿐이었다.

어느새 둘은 샤먼 살롱쿠기의 거처에 도착했다.

그의 거처는 다른 오크들의 천막보다 훨씬 컸다. 그들이 다가가자 안에서 굵직한 목소리가 흘러나왔다.

"이방인이여, 들어오게나."

"와, 봐요, 대단하시죠? 저희가 오는 것을 미리 알고 있다니까요."

코일코는 초롱초롱하게 눈빛을 빛내며 말했다. 그의 밝은 얼굴을 본 곤은 새삼 흠칫 놀라고 말았다.

어리다고 하더라도 소년의 얼굴을 너무나 살벌하게 생겼다.

코일코는 밖에서 기다렸다.

곤은 혼자서 천막 안으로 들어갔다. 안에서는 기이한 향기가 풍겼다. 절에서 맡은 향처럼 심신을 편안하게 해주었다.

안에는 무척이나 늙은 사내가 의자에 앉아 있었다. 허리는 구부정하고 얼굴에는 주름살이 가득했다. 나이를 짐작하기 어려웠다.

그가 오크족의 존경을 받는 샤먼 살롱쿠기였다.

"앉게나."

살롱쿠기가 자리를 권했다.

곤은 알 수 없는 동물 가죽이 깔린 의자에 앉았다. 그는 주변을 살폈다.

기이한 문양을 그린 석상들이 가득하다.

문양이 하도 기이해서 무엇을 그렸는지 유추하기란 불가능했다.

그리고 향기가 났다.

이 향기는 동으로 된 항아리에서 나오는 듯했다.

나뭇잎이 조금씩 타며 옅은 연기를 뿌렸다. 독하지는 않았다. 은은하면서 매혹적이었다.

살롱쿠기는 곤을 뚫어지게 쳐다봤다.

너무 얼굴을 뚫어지게 바라보자 조금은 멋쩍은 곤이다. 그는 시선을 분산시키기 위해 헛기침을 두 번 했다.

"이방인이여, 이곳이 어디인지 알겠는가?"

발음이 무척 억세고 딱딱해서 알아들을 수가 없었다. 씽이나 코일코의 어법과는 조금 달랐다. 코일코가 있어야 제대로 된 대화가 될 듯싶었다.

곤의 눈치를 알아차렸는지 살롱쿠기는 밖에 있는 코일코를 안으로 불러들였다. 소년은 밝게 웃으며 천막 안으로 들어왔다.

"아가, 너는 이 청년의 말을 알아들을 수 있느냐?"

살롱쿠기가 물었다.

"반만요. 나머지는 눈치껏 알아듣는 거죠."

"그럼 네가 중간에서 번역 좀 해줄 수 있니?"

"그럼요."

코일코는 기꺼이 고개를 끄덕였다. 소년은 살룽쿠기가 한 말을 천천히 얘기했다.

이제야 그가 한 말을 알아들은 곤은 고개를 가로저었다. 이곳이 무척 넓은 정글이라는 것만 알고 있다.

그렇기에 돌아갈 곳은 찾고 있다고 코일코에게 말했다.

"이방인이여, 당신이 태어난 곳과 이곳은 다른 곳이 아닐까 싶네."

가슴이 덜컥 내려앉는 소리다.

혹시나 그러지 않을까 생각하는 중이었다. 마음속에서 이곳은 자신이 살던 곳과 다를지도 모른다는 압박감에 잠을 이루지 못할 때도 있었다.

그럴 때마다 고개를 저었다.

그럴 리가 없다고, 그래서는 안 된다고.

이곳이 만주가 아니라면 자신은 돌아갈 수 있는 길을 잃게 되니까.

"자네의 세상이 어떤 곳인지는 나는 알지 못하네. 하지만 자네의 눈빛이 흔들리는 것으로 보아 어느 정도 예상은 하고 있었던 모양이구만."

가슴이 먹먹하다.

곤은 길게 한숨을 내쉰 후 살룽쿠기에게 물었다.

"이곳은 어디입니까?"

"그랑쥬리 정글이라는 곳이지. 수많은 몬스터와 이종족이 뒤섞여 살아가고 있지."

"몬스터라······. 슬라임이라는 동물이 몬스터입니까?"

"슬라임? 본 적이 있는가? 무척이나 위험한 몬스터지. 작은 놈들은 어느 정도 분별이 가능한데 큰 놈은 물속에 뒤섞여 먹이를 노리지. 맞아. 그런 존재를 몬스터라고 한다네."

"이종족이란 당신들과 같이 지성이 있는 존재고요?"

"이해가 빠르구만. 맞네. 우리는 인간이 아니네. 우리뿐만 아니라 드워프, 엘프도 인간이 아니지. 같은 대륙 공용어를 쓰고 있지만 엄연히 창조의 신이 다르고 문명도 다르다네."

"혹시 사람으로 변하는 늑대들과 호랑이도 있습니까?"

살롱쿠기는 고개를 끄덕였다.

"수인족을 본 모양이구만. 그렇다네. 이 정글에서는 늑대족과 호랑이족이 존재하지. 왜 그런지는 모르지만 그들은 서로를 증오하고 미워하네. 그들의 존재 이유가 서로를 말살하기 위해서라고 해도 과언이 아니지."

서로를 말살하기 위해서 사는 존재들이라······.

이제야 그들이 왜 그토록 살벌하게 싸웠는지 조금은 알 것 같았다.

그럼 자신이 재수 없게 그들의 싸움에 끼어든 꼴이 된 것인가?

카온과 씽을 직접 만나 물어보기 전에는 알 수가 없는 노릇이었다.

"이해가 안 되는 것은 제가 왜 이곳에 있느냐는 겁니다. 오크족의 위대하신 샤먼이시니 그 이유를 알 수 있을까요?"

곤은 또 다른 질문을 했다.

"모르네."

살롱쿠기는 고개를 흔들었다.

그는 긴 곰방대에 특이한 약초를 넣은 후 불을 붙여 길게 숨을 들이켰다.

그의 입에서 흰색 연기가 뿜어져 나왔다. 냄새로 보아 담배는 아니었다.

심신을 편안하게 해주는 향이었다. 마약과 비슷한 효능이 있는지도 모르겠다.

"시간의 흐름 때문인지, 차원의 결계에 금이 생겼기 때문인지, 역천의 재앙 때문인지 나는 알고 있는 것이 없네."

살롱쿠기는 말을 이었다.

그의 말을 듣고 나니 온몸에 힘이 빠지는 것 같았다. 가슴이 무너진다는 말이 정확할지도 모르겠다. 살롱쿠기의 말을 들어도 마땅한 해결책이 없었다.

곤은 달이 부서진 세계에 홀로 남은 것이다.

"저는 제가 살던 세계로 돌아갈 수 있습니까?"

"그것 역시 모르네. 누구도 신의 뜻을 이해할 수 없지. 그러나 자네가 이곳에 떨어진 이유는 있을 것이네."

"신의 뜻에 따라 제가 이곳에 왔다는 말씀이십니까?"

"나는 그렇게 생각하고 있네."

"왜 접니까?"

"자네는 이 세계의 소속되어 있지 않기 때문이 아닐까. 갓 태어난 아이처럼 피랜드에 대한 어떤 선입견도 없으니까."

"좋습니다. 그럼 저는 신의 뜻을 이루게 되면 본래의 세계로 돌아갈 수 있는 겁니까?"

가장 중요한 문제였다. 무슨 수를 써서라도 돌아가야만 했다.

"미안하지만 그것도 알 수가 없네."

"그럼 전 어떡해야 합니까?"

"그냥 지내시게. 시간의 흐름을 좇다 보면 자연히 신의 뜻을 알 수 있을 것이야."

"저는 시간이 없습니다. 제가 떠나온 곳에는 아픈 처가 있습니다. 그녀를 두고 오랜 시간 이곳에 있을 수가 없습니다."

"자네의 처지가 딱하지만……."

살롱쿠기는 다시 한 번 길게 하얀 연기를 내뿜었다. 독특한 향기는 곤의 급한 마음을 가라앉혀 주었다.

"신은 공평하시네. 내가 해줄 말은 그것뿐이네."

"돌아갈 수 있다는 말로 들어도 되겠습니까?"

"확답은 할 수 없네. 하지만 이곳과 그곳의 차이는 있을 수 있겠지."

"차이라 하시면……."

"그곳의 하루가 이곳의 일 년이 될 수도 있고 그곳의 일 년이 이곳의 하루가 될 수도 있다는 뜻이네."

곤의 미간이 좁아졌다.

살롱쿠기의 말은 만주에서 이곳으로 떨어진 직후의 시간으로 돌아갈 수도 있다는 소리였다.

즉 시간의 차이는 크게 나지 않는다는 것이다.

하지만 반대의 경우라면 혜인의 목숨이 다한 훨씬 미래로 돌아갈 수도 있었다.

"이곳에서 최선을 다하게. 마음을 조급하게 먹지도 말게. 내가 해줄 수 있는 말은 그것이 전부이네."

곤은 고개를 끄덕일 수밖에 없었다.

화가 난다고 해도 어쩔 수가 없는 문제였다. 차라리 신의 뜻에 따라 이 낯선 곳에 떨어졌다는 살롱쿠기의 말이 훨씬 나았다.

마음이라도 기댈 수가 있으니까.

뜬금없이 이곳에 떨어졌다면 곤은 훨씬 큰 절망감에 빠졌을 것이다.

이제 그가 할 일은 하나밖에 없었다.

최선을 다해서 살아남는 것.

그리고 어떻게든 돌아갈 방법을 찾는 것이었다.

Chapter 8. 정글의 전사

정글에서의 삶을 곤은 순조롭게 익히고 있었다.

코일코가 매일같이 붙어 있어서 오크족의 성향을 파악하는 것은 어렵지 않았다.

굳이 불편한 것을 찾자면 밤새 곤을 괴롭히는 모기였다. 귓가에서 앵앵거려 번번히 잠을 설치기가 일쑤였다.

더군다나 모기는 만주에서 본 것과는 차원이 달랐다. 거짓말 조금 보태서 주먹 크기였다.

주둥이의 침이 얼마나 길고 뾰족한지 물리면 피를 다 빨리지 않을까 걱정되었다.

정글에서 헤맬 때와 비교하면 천국이나 다름없었지만 불편한 것이 없는 것은 아니었다.

대륙 공용어인 '피에'도 무리 없이 익혀 나갔다.

피랜드라는 대륙에는 수백 종이 넘는 언어가 있었다고 한다.

휴먼, 인간, 오크, 엘프족 등 서로 다른 언어를 익혔고, 문명도 다르다고 하였다.

하지만 2,200년 전 학살황제 키르콘티누스가 종족을 막론하고 대륙을 일통하면서 많은 것이 바뀌었다고 한다. 너무도 많은 피를 흘려 학살황제라고 불리지만 꽤나 대단한 능력을 가진 자인 것 같았다.

먼저 그는 언어를 한 종류의 표음문자로 획일화시켰다.

그전까지 각 종족은 대부분 상형문자를 사용했다. 상형문제와 표음문자와의 차이는 엄청났다.

표음문자는 사용하기도 편리했고 쓰기도 쉬웠다.

차차 각 부족의 상형문자는 사라졌고, 표음문자인 피에만이 남게 되었다.

지금은 고대문명을 탐닉하는 인간과 드워프를 빼고는 상형문자를 사용하는 종족은 거의 없다고 보면 되었다.

덕분에 곤은 코일코의 도움을 받아 어렵지 않게 피에를 익힐 수가 있었다.

오크족의 문명은 특이했다.

청동과 철을 섞어 주조를 할 수 있는 능력을 갖췄고, 무기와 방어구, 활과 창, 심지어 농기구까지 만들어낼 수가 있었다.

나름 문화에 대한 자부심도 강했다.

가장 좋은 것은 서로가 동등하다고 생각하는 마음가짐이었다.

족장도, 전사도, 여성도, 아이도 모두 똑같은 대우를 받았다.

물론 강함을 숭상하는 부족이다 보니 강함과 약함에 따라 약간의 차별이 있었지만 크게 눈에 띄지는 않았다.

일제에 의한 압박에 시달리던 곤으로서는 신선한 광경이 아닐 수 없었다.

비록 문명이 인간보다 발달하지는 않았지만 이들은 행복했다.

하지만 그에 반해 샤머니즘에 굉장히 심취해 있었다. 이들에게 샤머니즘이란 인간의 종교와도 같았다.

그들은 모든 물건과 생명체에는 정령이 깃들어 있다고 믿었다. 그렇기에 사냥을 하게 되면 진심으로 신께 기도를 드렸다.

그 후에 사냥감을 손질했다.

심장을 가장 먼저 먹고 다음으로 생식기를 먹었다.

그들은 불에 굽는 음식보다 날것으로 먹는 것을 선호했다.

곤이 보기에는 그다지 좋아 보이지 않았다. 일단 불에 굽지 않으면 기생충에 감염될 가능성이 있었다.

그는 코일코에게 왜 날것을 먹느냐고 물었다. 코일코는 정령을 있는 그대로 받아들여야 하기 때문이라고 대답했다.

곤은 고개를 끄덕였다. 이들이 야만적이거나 추악하다고 여겨지지 않았다.

식량은 마을의 지도자인 족장과 정신적 지주인 샤먼에게도 다른 오크들과 똑같이 분배되었다.

당연히 식량으로 인한 다툼은 없었다.

하나 이상한 곳에서 다툼이 일어났다.

지켜본 결과 오크들은 전사였다. 무력에 대한 상당한 자신감을 가지고 있었다.

강한 자만이 여성 오크를 아내로 맞이할 수가 있었다. 그러다 보니 하루가 멀다 하고 싸움이 일어났다.

종종 크게 다치는 일도 발생했다.

황당한 것은 싸움에 이기면 당연하다는 듯이 여성 오크가 남성 오크에게 시집을 갔다.

결혼은 간소하게 치러졌다.

그들은 마을 광장에서 생명의 신 단가에게 예를 올리고, 부족장인 그루젤리는 그들을 위해 음식을 내주었다. 그리고 합방을 했다.

패배한 오크는 명예를 잃은 자로 간주했다. 그들이 명예를 되찾는 일은 자신보다 월등하게 강한 몬스터를 잡거나 다른 오크와의 싸움에서 이기는 길뿐이었다.

"곤 아저씨."

코일코가 구운 도마뱀을 나무 꼬치에 끼워서 곤이 있는 천막으로 들어왔다.

소년은 곤이 날것을 잘 먹지 못한다는 것을 알고 있었다.

꽤나 눈치가 빠르다. 소년은 사람들 몰래 음식을 구워 곤에게 가져다주었다. 곤으로서는 무척이나 고마운 일이 아닐 수 없었다.

"왔나?"

곤은 빙긋 웃으며 코일코를 맞이했다.

이 소년이 아니었다면 습기가 많고 무더운 정글에서 버티기란 쉽지 않았을 것이다. 오크들의 문명을 받아들이기도 힘들었을 것이다.

곤은 소년에게 큰 은혜를 입은 셈이다.

코일코는 나무 꼬치에 꽂아온 구운 도마뱀을 내밀었다. 죽은 당시 모습 그대로 구워져 있어 겉보기에는 그다지 먹고 싶지 않았다.

하나 이것을 생으로 먹는 것보다는 훨씬 나았다.

곤은 코일코가 건네준 도마뱀을 잡아서 이리저리 살펴보았다.

"흠흠."

냄새를 맡아보았다. 그다지 비린내는 나지 않았다. 닭을 튀겼을 때와 비슷한 냄새가 났다.

코일코는 그런 곤을 흥미롭게 지켜보고 있었다.

곤은 도마뱀을 입으로 가져갔다.

우적우적.

맛이 없지는 않았다. 구운 오리 맛이 난다고나 할까. 흉측한 겉모습만 아니라면 얼마든지 먹을 수 있을 것 같았다.

"그런데 아저씨."

코일코가 궁금하다는 표정으로 곤을 바라봤다.

"왜?"

곤이 도마뱀을 우물거리며 물었다. 그는 혀로 이빨 사이에 낀 도마뱀 꼬리를 빼냈다.

"아저씨는 왜 가죽과 천을 물에 씻어요?"

곤은 천막 안에 있는 모든 가죽과 담요, 천을 개울에서 깨끗하게 빨래를 한 후 널어놓은 상태였다.

머리가 아플 정도로 퍼지는 악취와 냄새로 인해 벌레들이 들끓었기 때문이다.

빨래를 하고 나니 악취가 한결 사라졌다. 생각 같아서는 천막도 뜯어내서 깨끗하게 빨고 싶었지만 그렇게까지는 하지 못했다.

"냄새 때문이지. 벌레들 때문에 병이 옮을 수도 있고."

"냄새요?"

"응."

코일코는 자신의 몸에 코를 대고 킁킁거리더니 고개를 갸웃했다. 무슨 냄새가 나는지 모르겠다는 표정이다.

"잘 씻는 것이 중요해. 빨래는 그때그때 해야 하고. 그래야 병에 걸리지 않거든."

"그럼 정령은요? 정령도 사라지지 않나요?"

이것이 바로 문화의 차이였다.

이들이 씻지 않는 이유는 모든 사물에 정령이 깃들어 있다고 믿기 때문이었다.

하긴 이들에게 벌레와 모기는 그다지 큰 위협이 되지 않았다.

처음에는 몰랐지만 오크들의 살가죽은 상당히 두꺼웠다. 벌레들의 작은 이빨로는 그들의 가죽을 뚫지 못했다.

당연히 벌레에게 위협을 느끼는 것은 곤뿐이었다.

주먹 크기의 모기와 엄지손가락만 한 파리, 손가락 세 개를 합쳐놓은 듯한 크기의 바퀴벌레.

곤의 입장에서는 환장할 지경이다. 그런 곤을 보며 오크들은 바보 같다면서 깔깔대며 웃었다.

"나는 인간이야. 너희 오크들과는 여러 가지가 다르지. 너희한테 모기란 그저 귀찮은 존재일 뿐이지만 나한테는 큰 병을 옮길 수 있는 위험한 존재란다."

"에헤, 인간이란 약한 존재네요. 곤 아저씨를 보면 키가 무척이나 커서 굉장히 강할 것 같은데, 아닌가? 하긴 우리 오크 전사들에 비해서 팔다리가 얇긴 하네요."

어처구니가 없었다.

"너희가 너무 두껍다고는 생각해 본 적은 없니?"

"전혀요. 오거나 미노타우로스, 트롤에 비하면 아무것도 아닌걸요."

비교할 것을 비교해라.

"그런가? 하긴 이런 환경에서 살아남으려면 강해져야겠지."

코일코에게 몬스터에 대해서 들었다. 몬스터의 종류는 무척이나 많았다.

곤이 본 슬라임은 가장 작은 놈 중의 하나였다. 그것은 몬스터 범주에 들어가지도 않았다.

정말로 무서운 놈은 거대 슬라임이나 오거, 미노타우로스, 트롤, 와이번이나 하피로 반드시 피해야 할 몬스터들이었다.

또한 신화에 나오는 거인들만큼이나 거대하다고 한다.

정말일까?

아직 본 적이 없으니 얼마나 무서운 놈들인지 감이 잡히지는 않았다.

"다리는 괜찮아요?"

코일코가 곤의 다리를 훑어보며 물었다.

"그럭저럭."

솔직히 말하면 놀라웠다.

골절이 된 다리가 열흘도 되지 않아서 완전히 붙을 줄은 상상도 하지 못했다.

더군다나 다른 뼈도 꽤나 단단해진 듯하다.

그동안 먹지 못하고 고생만 하여 체력이 많이 소진된 상태인데 부쩍 몸 상태가 좋아진 것 같았다.

가슴에 붙이던 똥 냄새 나는 약초도 효력이 좋았다. 역한 냄새 때문에 붙이기가 힘들어서 그렇지 상처가 빠르게 아물었다.

지금은 부목 없이 맨다리로 걸어도 크게 지장이 없을 정도였다.

설마 똥이 창상 약이었을 줄이야.

"그런데 아저씨."

코일코는 짐짓 심각한 어조로 바뀌었다. 뭔가 말하기가 껄끄러운 사안이 있는 듯했다.

"할 말 있니?"

"저기……."

코일코는 말을 얼버무렸다. 무척이나 하기 싫은 말이 있는 것 같았다.

"괜찮으니까 해보렴."

"그러니까, 저희 전사들이요, 아저씨의 실력을 궁금해하거든요."

"내 실력?"

"네. 아저씨 다 나으면 전사로서 얼마나 대단한지 한번 보고 싶다고……."

곤은 인상을 찌푸렸다.

오크들이 나쁜 것은 아니지만 너무 한쪽으로 몰고 가는 성향이 있었다.

인간들은 사람의 됨됨이, 인격, 수양의 정도를 본다면 이들은 오직 강하고 약한 것만으로 판단했다.

강한 자는 진실이고 약한 자는 죄악이었다.

물론 이들의 문화이니 간섭할 생각은 없지만 그 잣대를 본인에게 들이대니 난감했다.

"내가 왜 오크 전사들과 손을 섞어야 하지?"

곤이 물었다.

"그거야 당연한 거잖아요. 전사가 되려면 실력이 있어야 하니까."

"그러니까 나는 전사가 아닌데 왜 그들과 겨뤄야 하느냐고."

"으음."

코일코는 이해가 되지 않는 모양이었다.

오크의 기본 성장 개념은 전사가 될 수 있느냐 없느냐가 아니었다.

무조건 전사가 돼야 했으며, 용자나 칸이 될 수 있느냐 없느냐의 개념이었다.

모든 오크의 삶이 그쪽으로 초점이 맞춰져 있다 보니 곤이 인간이라고 하더라도 당연히 실력을 봐야 한다고 생각하는 것이다.

"아저씨 말대로 실력을 겨룰 필요는 없는 것 같아요. 하지만 아저씨가 계속 이곳에 있어야 한다면 저희 부족의 뜻을 따라야 하지 않을까요?"

못생긴 꼬마가 꽤나 똑똑한 소리를 한다.

곤은 빙긋 웃으며 답했다.

"그렇구나. 너의 말도 일리가 있다."

오크들이 언제까지나 소중한 식량을 나눠 줄 리가 없었다. 지금이야 신의 계시나 뭐니 해서 몸이 나을 때까지 돌봐줄 것으로 보이지만 그것도 당분간이었다.

이들에게는 강함도 중요했지만 더욱 중요한 것은 험한 정글에서의 생존이었다.

생존에 가장 필요한 것은 물과 식량이다.

이들의 호전적인 습성으로 보아 일도 하지 않는 곤이 계속해서 얻어먹기만 한다면 뒤탈이 벌어질 확률이 높았다.

그렇다고 누군가와 싸워서 무릎을 꿇는다는 생각은 태어나서 한 번도 해본 적이 없다.

그는 주먹에 자신이 있었고, 많은 위험에 노출되면서 감각이 예민해졌다.

더군다나 얼마 전부터는 단전에서 기운을 느끼기까지 했다.

무척이나 미약한 기운이지만 전신의 활력을 불어넣고 체력을 보충하기에는 굉장히 유용했다.

좋은 것만 있는 것은 아니었다. 바로 시체에게 물린 어깨의 상처. 어찌 된 일인지 카온과의 싸움 후에 어깨의 상처가 커졌다.

아프거나 하지는 않았지만 분명 상처의 크기가 커져 있었다.

아니, 상처가 자라는 것처럼 느껴졌다.

종종 이런 일도 있었다.

자고 일어나면 그의 천막 앞에 상당한 양의 독충들이 죽어 있었다.

독충들이 죽어 있을 때마다 곤은 가슴이 심하게 뛰었다. 혹여 자신이 그렇게 변하지 않을까 두려워서였다.

"그럼 어쩌실 거예요?"

코일코는 걱정스럽다는 표정으로 물었다.

"일단 말로 해보지. 말로 해서 사냥 기술을 배울 수만 있다면 더욱 좋은 일이 아니겠니?"

정신이 퍼뜩 든 곤은 부드럽게 미소를 지으며 대답해 주었다.

"그렇게 되면 좋겠지만… 곤 아저씨가 다칠까 봐 걱정되네요."

"걱정하지 말거라."

곤은 코일코의 머리를 쓰다듬어 주었다. 아직 일곱 살밖에 되지 않는 코일코지만 나이 차이를 떠나서 둘은 깊은 유대감을 형성하고 있었다.

어쩌면 마쉬 스네이크를 앞에 두고 같이 싸웠다는 동질감이 형성되어 있어서 그런지도 몰랐다.

빨래한 것을 모두 걸어놓고 곤은 천막 밖으로 나왔다. 코일코가 그의 뒤를 좇았다.

둘은 마을 광장으로 향했다.

마을 광장엔 항상 두 무리가 있었다. 하나는 성인식을 치르기 전인 어린 오크들, 다른 한 무리는 사냥을 나가지 않는 전사들이었다.

용자라고 칭송받는 그루젤리와 몇몇 오크는 개인 수련실에서 본인만의 무력을 갈고닦는다.

마을 광장으로 다가서자 힘찬 함성 소리가 오가고 있었다.

약 스무 명의 어린 오크가 각목과 나무 도끼를 들고 치열하게 휘두르고 있다.

그들을 가르치는 험상궂게 생긴 오크들이 아이들의 주변을 돌며 강하게 다그쳤다.

굵은 땀방울이 쉴 새 없이 떨어지고 있다.

어린 오크들과 조금 떨어진 곳에서는 성인들이 살벌하게 도끼를 휘둘러 대고 있었다.

자세히 살펴보니 오크들은 검을 잘 사용하지 않았다. 전사가 되면 대체로 도끼를 주로 사용했다.

호전적인 성격답게 한 방에 상대를 죽일 수 있는 무기를 선호하는 모양이었다.

곤과 코일코가 광장 근처로 다가서자 시선이 한꺼번에 쏠렸다.

몇몇 어린 오크는 코일코를 보고는 노골적으로 무시하는 표정을 드러냈다.

인간 세상이든 오크족 세상이든 어딜 가나 따돌림을 하는 부류와 당하는 부류는 항상 있는 모양이었다.

"이게 누구야? 겁쟁이 코일코 아닌가? 전사가 되기 싫다면서 용자 그루젤리께 징징거렸다면서? 소문이 쫙 퍼졌어."

어린 오크들에 비해 머리 하나가 큰 쿠기쿠기가 코일코를 보며 비아냥거렸다.

코일코는 그의 말에 얼굴을 붉게 물들이기만 할 뿐 아무런 말을 하지 못했다.

꽤나 기가 죽은 모습이다.

"왜 그러니, 코일코? 너는 나를 살리기 위해서 마쉬 스네이크에게 덤빈 용감한 아이가 아니니. 전혀 겁을 먹을 필요가 없단다."

곤은 코일코의 등을 두드리며 부드럽게 말했다.

"하지만… 나는 쿠기쿠기에게 이긴 적이 한 번도 없는 걸요."

의식적으로 겁을 먹고 있었다.

이럴 때는 강한 투지가 필요했다. 아니면 적개심이라든지. 그렇지 않으면 상대에게 이길 수가 없었다. 무의식적으로 몸이 움츠러든다.

쿠기쿠기라는 덩치 큰 오크 소년이 다가왔다. 모두가 흥미롭다는 듯 쿠기쿠기라는 소년과 코일코를 바라보고 있다. 이들에겐 이것이 일상이었다. 강한 자와 약한 자를 명확하게 차별했다.

여기서 코일코가 뒤로 내빼면 오크족으로서 제대로 성장할 수 없었다.

"코일코, 나를 도왔을 때를 생각해라. 당시의 너는 전사였다."

곤은 코일코의 어깨에 손을 얹고 말했다. 그의 따뜻한 기운이 코일코에게 전해졌다.

어쩐지 용기가 생겨났다.

거대한 마쉬 스네이크가 혀를 날름거릴 때에 비교하면 쿠기쿠기는 아무것도 아니었다. 어쩌면 이길 수 있을지도 모른다는 생각이 들었다.

곤의 등 뒤에 숨어 있던 코일코가 뚜벅뚜벅 앞으로 나아갔다.

쿠기쿠기와 코일코의 사이가 좁아졌다.

쿠기쿠기는 조금 놀란 모양이다. 코일코는 용자의 아들답지 않게 항상 고개를 숙이고 다녔다. 성격도 내성적이라 친구도 없었다.

기껏 만든 친구가 키만 크고 볼품이라고는 없는 인간이었다.

정글에서 길을 잃고 간신히 살아남은 인간이다.

왜 마을 어른들이 그를 받아줬는지 쿠기쿠기는 이해하지 못했다.

"미쳤구나, 코일코."

쿠기쿠기가 주먹을 뻗었다.

두꺼운 주먹이 코일코를 향해서 빠르게 날아갔다. 코일코도 동시에 주먹을 뻗었다.

빠악!

경쾌한 타격 음이 퍼졌다.

"크흑."

코일코는 코를 부여잡고 나뒹굴고 말았다. 서로의 팔의 길이가 너무도 차이 났다. 코일코의 주먹은 쿠기쿠기의 근처에도 가지 못했다.

주르르륵.

코일코의 코에서 한 사발이나 되는 피가 흘러내려 바닥에 떨어졌다.

고통을 참지 못하고 코일코는 신음을 흘렸다.

그런 코일코를 바라본 곤은 주먹을 불끈 쥐었다.

"일어나, 코일코! 일어나서 너의 투지를 보여줘! 그렇지 않으면 너는 다신 일어설 수 없어!"

곤이 외쳤다.

눈물이 고인 코일코는 어금니를 강하게 물며 자리에서 일어 났다.

단 한 방에 양쪽 무릎이 후들거렸다. 얼굴이 피로 범벅이다.

"뭐야, 겁쟁이 코일코? 더 해보겠다고?"

쿠기쿠기는 끝까지 비웃었다.

'겨우 네까짓 놈이 다시 일어서면 어쩔 건데?' 하는 표정이 다.

"난 겁쟁이가 아니야!"

쿠기쿠기에게 하는 말이 아니었다.

본인에게 하는 말이었다.

코일코는 기합을 내지른 후 쿠기쿠기를 향해 뛰어들었다. 그러자 쿠기쿠기가 주먹을 내질렀다.

학습 능력은 있는지 코일코는 마주 주먹을 휘두르지 않았 다.

코일코는 고개를 숙였다. 아슬아슬하게 주먹이 머리를 스치고 지나갔다. 코일코는 그대로 쿠기쿠기를 향해 돌진했다.

그의 어깨가 쿠기쿠기의 배에 닿았다. 그는 쿠기쿠기를 물소처럼 있는 힘껏 밀어붙였다.

"이 새끼가!"

아무리 덩치가 큰 쿠기쿠기라도 뒤로 밀릴 수밖에 없었다. 뒤로 죽 밀리던 쿠기쿠기가 멈췄다.

밀리던 쿠기쿠기의 뒤꿈치가 마을 광장을 둥글게 표시해 놓은 돌부리에 닿아 멈춘 것이다. 코일코가 아무리 애를 써도 더이상 쿠기쿠기를 밀어낼 수 없었다.

코일코로서는 운이 없는 셈이었다.

쿠기쿠기가 무릎을 올려 찼다. 뻑 소리가 나며 코일코의 몸이 들썩거렸다.

갈비뼈에 제대로 맞았다. 코일코의 입에서 헛바람이 흘러나왔다.

"뒈졌어."

쿠기쿠기는 코일코의 머리채를 잡고 들어 올렸다. 코일코의 면상이 드러났다. 쿠기쿠기는 그의 안면을 향해서 이마를 내리찍었다.

꽈직!

섬뜩한 소리가 울렸다.

어린 오크들은 그 광경을 끝까지 보지 못하고 고개를 돌리고 말았다.

쿠기쿠기가 고개를 들었다. 그의 이마에 시뻘건 피가 잔뜩 묻어 있다.

코일코의 몸이 축 늘어졌다.

더 이상 싸울 수 없는 지경이 되었다. 그럼에도 쿠기쿠기는 다시 박치기를 먹이려고 했다.

그는 지체하지 않고 머리를 내리찍었다. 순간 쿠기쿠기의 움직임이 멈췄다.

어느새 다가온 곤이 그의 이마를 막았기 때문이다.

"대련이라면 이 정도면 충분하지 않겠어? 코일코는 쓰러졌 잖아."

치밀어 오르는 짜증을 억지로 참으며 곤이 말했다. 하지만 쿠기쿠기의 말에 더욱 짜증이 솟구친다.

"염병할 인간아, 저리 꺼져. 넌 우리 오크족과 아무런 상관 도 없잖아. 저기서 먹이를 던져줄 테니까 찌그러져 있어."

참으로 막돼먹은 아이였다.

지금까지 본 오크 소년들 중에서 가장 공격성이 강했다. 눈 살이 절로 찌푸려졌다.

"그만하지."

곤은 쿠기쿠기를 힘으로 밀어냈다.

이제 겨우 일곱 살짜리 소년이다.

아무리 덩치가 또래에 비해서 크다고 하더라도 곤의 힘을 당할 수는 없었다. 뒤로 밀려난 쿠기쿠기가 발광을 하듯 목검 을 빼들었다.

"이 인간 새끼가!"

쿠기쿠기가 곤을 향해 맹렬하게 목검을 휘둘렀다. 아무리 목검이라고 하더라도 맞으면 크게 다칠 수 있을 정도이다. 곤은 코일코를 안고 뒤로 물러났다. 모두가 보고 있는 앞이기에 오크 소년을 공격할 수가 없었다.

하지만 그것은 아직 오크라는 종족의 특성을 파악하지 못하고 있는 곤의 패착이었다.

곤은 절에서 자랐다.

어릴 적부터 참선을 하고 무학 스님께 불경에 대해서 배웠다.

그렇기에 어린아이와 여성은 보호해야 한다고 무심결에 생각하고 있었다.

하지만 오크족은 그렇지 않았다.

어린아이든 성인이든 도전해 오면 받아들였다. 물론 성인식을 치른 후에야 그것이 가능하지만 적당히 한다는 개념이 없었다.

그렇게 자랐기 때문에 오크족들은 굉장한 투쟁심을 가지고 있었다.

쿠기쿠기가 휘두른 목검이 허공에서 부웅부웅 하며 파공음을 냈다.

"이봐, 당신들, 이 아이 좀 말려봐요!"

참다못한 곤이 오크 전사들을 향해서 소리쳤다. 오크 전사들은 팔짱을 낀 채 코웃음을 쳤다.

"어리다고 무시하면 안 되지. 쿠기쿠기는 장차 용자가 될 오크라고."

한 오크가 이죽거렸다.

그 와중에도 쿠기쿠기는 이곳에서 사생결단을 내겠다는 듯이 목검을 휘둘러 댔다.

빡!

목검이 곤의 한쪽 다리에 맞았다.

뼈가 울린다.

입에서 신음 소리가 흘러나왔다.

이렇게 막무가내로 덤벼오는 꼬마도 짜증이 났지만 그것을 지켜보는 오크 전사들에게도 짜증이 났다.

곤은 한쪽 발목을 들었다.

바로 밑으로 목검이 휭 소리를 내며 스쳐 지나갔다. 곤은 발을 내질렀다.

곧바로 날아간 앞차기는 쿠기쿠기의 가슴을 강타했다. 쿠기쿠기는 목검을 놓치고는 뒤로 죽 밀린 후 바닥에 엎어졌다.

"쿨럭쿨럭!"

심하게 기침을 한다.

다시 오크 소년이 일어섰다. 눈동자에서 시퍼런 살기가 돌았다.

저렇게 어린 소년의 눈동자에 살기가 돌기란 쉽지 않는 일이다.

"자, 자, 네 힘으로는 못 당하겠다."

한 오크 전사가 목검을 주우며 쿠기쿠기를 뒤로 물러나게 했다.

"난 안 져! 용자가 될 나라고! 저런 허약한 인간 따위에게 맞고 물러날 것 같아!"

쿠기쿠기는 오크 전사에게 외쳤다.

"쿠기쿠기, 내가 말했잖아. 네 힘으로는 못 당한다고. 그게 아니면 내 말을 무시하겠다는 거냐?"

오크 전사는 매서운 눈빛으로 쿠기쿠기를 바라봤다. 기가 눌린 쿠기쿠기가 눈동자를 밑으로 내렸다.

"아무리 형이라지만⋯⋯."

"형인데 뭐? 우리의 서열은 태어난 순서가 아니야. 강한 순서이지."

"알았어."

쿠기쿠기는 어금니를 악물며 뒤로 물러났다. 그런 쿠기쿠기를 향해서 오크 전사는 목검을 던졌다. 쿠기쿠기 발아래 떨어진다.

무척이나 모욕적인 처사였다.

쿠기쿠기는 발아래 떨어진 목검을 들고는 마을 광장을 빠져나갔다.

오크 전사는 등을 돌리고 곤을 바라보며 어깨를 으쓱거렸다.

"이것 참, 못된 꼴을 보였군. 난 저 못난 놈의 형인 볼튼이라고 하오."

쿠기쿠기란 소년의 형이라는 말이 이해가 되었다. 다른 오크 전사들의 비해서 머리 하나가 더 컸다. 신장만큼은 곤과 비숫할 정도였다. 하지만 덩치가 워낙 좋아서 곤보다 두 배는 커 보였다.

"쿨럭쿨럭! 곤 아저씨."

코일코가 기침을 하며 곤을 불렀다. 곤은 안고 있는 코일코를 바라봤다.

얼굴이 엉망이다.

코뼈도 부러진 듯했다. 어서 상처를 치료하지 않으면 흉터가 남을지도 모르겠다.

"괜찮니?"

"그다지요. 그나저나 어서 자리를 피하세요."

"왜?"

"저 오크 전사는 볼튼이라고 해요. 대지의 용자 케르만의 아들이에요. 저희 부족 전사 중에 가장 흉폭하고 잔인해요. 저자가 대련을 신청해도 절대 받아들이지 마세요. 잘못하면 죽을 수도 있다고요."

코일코는 빠르게 말했다. 말을 하고 나서 숨 쉬기가 힘든지 숨을 헐떡거렸다.

"그래?"

곤은 볼튼을 바라봤다.

그자의 눈빛에서 호승심이 불타오르고 있다는 것을 한눈에 알 수가 있었다.

"마을 어르신들의 말씀으로는 당신이 용자와 같은 용맹함을 가졌다고 하더군요. 인간이 용자라……. 말이 안 되죠. 용자가 될 수 있는 것은 오직 우리 오크뿐. 투쟁의 삶을 살아가는 우리 오크들만이 용자가 될 수 있죠. 그러니 한번 실력을 봤으면 합니다. 당신이 용자가 될 수 있는지 없는지."

볼튼은 도끼를 꺼내 들었다. 도끼날에는 붉은 피가 굳어 덕지덕지 붙어 있었다.

"나는 그대와 대련을 할 이유가 없소. 그러니 이대로 물러나겠소."

"그건 아니 될 말 같은데? 우리는 마을의 어르신들과 달라서 무척이나 혈기왕성하거든. 당신 실력을 꼭 보고 싶소."

볼튼의 뒤에 서 있던 다른 오크 전사들이 곤과 코일코를 둥글게 에워쌌다. 실력을 보이지 않으면 보내주지 않겠다는 표시이다.

"나는 오크족이 아닌데……."

곤의 얼굴 근육이 굳었다.

그렇지 않아도 홀로 부서진 달의 세계의 떨어지고 나서 수많은 죽을 고비를 넘겼다.

믿고 있던 씽과 카온은 그를 죽이려고 했다. 간신히 목숨을 건졌건만 이번에는 오크라는 놈들이 시비를 걸고 있다. 울화가 치밀었다.

"그거야 상관없고, 용자가 될 실력인지 아닌지나 한번 봅시다."

곤의 뒤편에 서 있던 오크 전사가 묵직한 도끼를 던졌다. 여기서 뒤로 물러날 수는 없었다.

오크들의 특성상 패배자에게는 관대하지 않았다. 코일코를 위해서라도 싸워야만 했다.

"샤먼 살롱쿠기에게 가보렴. 상처를 치료해야 하니까."

곤은 코일코를 품에서 내려놓았다. 코일코는 곤을 보며 고개를 양쪽으로 흔들었다. 제발 싸우지 말라는 표정이다.

"나는 괜찮단다."

코일코를 향해 빙긋 웃어주었다. 소년을 안심시키기 위함이다.

곤은 오크 전사가 던져놓은 도끼를 들었다. 눈매가 살짝 떨렸다. 보기보다 훨씬 무거웠다.

어지간한 완력을 가졌다고 자부하던 곤이지만 도끼는 한 손으로 들어 올리기 힘들었다.

양손으로 손잡이를 잡고 간신히 들어 올렸다. 이것을 들고 싸우기란 도저히 불가능해 보였다. 그렇다고 맨손으로 볼튼과 싸울 수는 없는 노릇이었다.

그의 완력을 넘어서는 무거운 도끼를 들고 있자니 어정쩡한 자세가 되었다.

곤의 자세를 보며 볼튼은 입술을 뒤틀었다.

"그럼 실력 한번 봅시다. 가겠소."

볼튼은 무거운 도끼를 양손에 각각 잡고 붕붕 휘둘러 댔다.

위압적인 파공음이 사방으로 퍼져 나갔다. 두 개의 도끼가 사납게 회전했다.

곤의 입장에서는 가벼운 군용 나이프가 훨씬 실용적이었다.

볼튼의 사정거리 안으로 들어가기가 무척이나 애매했다.

볼튼이 점점 다가오더니 도끼 하나를 내리찍었다.

빌어먹을.

이게 대련이란 말인가. 피하지 못하면 머리통이 수박 쪼개지듯 반으로 쪼개지고 말 것이다.

곤은 급히 뒤로 물러났다. 퍼걱 하는 소리가 나며 도끼날이 바닥에 박혔다. 지진이 난 듯 강하게 진동이 울릴 정도로 강력한 일격이었다.

옆구리에 틈이 보였다. 곤은 그의 옆구리를 향해서 있는 힘껏 도끼를 휘둘렀다.

하지만 무거운 도끼의 무게로 인해서 힘이 하나도 없어 보였다. 하품이 날 정도로 느린 공격이다.

"큭큭큭큭. 저게 뭐야?"

"굼벵이도 저것보다는 빠르겠군."

오크 전사들이 비웃었다.

볼튼도 곤의 공격을 쉽게 피했다. 그리고 다른 손에 들고 있던 도끼로 곤의 머리통을 후려쳤다. 정확하게 머리를 노렸다.

깜짝 놀란 곤은 급히 휘두르던 도끼를 회수해 머리를 방어했다.

쾅!

격렬한 마찰음이 터졌다.

방어를 했지만 너무도 강력한 힘에 밀렸다. 반동으로 인해 도끼날이 안쪽으로 밀려 곤의 옆머리를 강타했다. 빠각 소리와 함께 피가 사방으로 튀었다.

주르륵.

이마를 타고 피가 뚝뚝 흘러내렸다.

곤의 육신이 앞뒤로 흔들리며 충격을 감소하기 위해 사력을
다했다.

그는 어금니를 강하게 물었다. 엄청난 힘이었다.

근력을 바탕으로 한 오크 전사와의 대결은 애당초 상대가 되
지 않았다. 애초에 쓰지도 못하는 무기를 든 것이 패착이었다.

곤은 도끼를 바닥에 던져 버렸다. 차라리 맨손으로 볼튼을
상대하는 것이 훨씬 나았다.

그는 무학 스님께 사도를 배웠다.

그중에 가행도라는 것이 있다. 번뇌를 끊기 위한 수행이다.
가행도에 이르는 수행 중에는 도수도라는 체술도 있었다.

성취는 깊지 못하지만 지금껏 그 기술을 이용해서 생존해
왔다고 할 수 있었다.

수행의 한 종류지만 일본군과 상대하며 살기를 지닌 독자적
인 체술로 변했다고 해도 과언이 아니다.

피식.

무기를 버리고 맨손으로 덤비려는 곤을 보며 볼튼은 어이없
다는 표정을 지었다.

도끼를 자유자재로 다루는 전사에게 맨손으로 덤비는 것은
자살행위다. 아무래도 저 인간은 자신의 손에 죽기를 바라는
모양이었다.

볼튼이 다시 도끼를 양손으로 휘둘렀다. 눈에 보이지 않을 정도로 빠르게 회전한다. 동시에 한 발씩 앞으로 전진했다.

곤은 어깨의 힘을 뺐다.

도수도는 상대의 목숨을 취하기보다는 제압하는 데 중점을 둔다.

하나 그가 사용하는 도수도는 활법이 아니라 살법에 가까웠다.

볼튼은 엄청난 속도로 회전하며 곤을 향해 연속으로 도끼를 휘둘렀다.

아까보다 훨씬 빠르다. 이제껏 많은 산적과 일본군을 상대했지만 이 정도로 빠르게 도끼를 사용하는 자는 보지 못했다.

눈이 좋다고 자부하는 곤도 쫓아가지 못한다. 오직 볼튼의 어깨 움직임과 감각만으로 도끼를 피해야 했다.

팍! 팍! 팍!

연속으로 네 번의 도끼질이 바닥을 찍었다. 도끼날이 반이나 파고들 정도로 강력한 파괴력이다.

또한 도끼를 뽑아내는 힘도 엄청났다. 그토록 강력한 공격을 하고 나서 재빠르게 본래의 위치를 찾는 것은 쉽지 않은 행동이다.

이건 괴력이라고 표현할 수밖에 없었다.

팍! 팍! 팍! 팍!

도끼날이 쉴 새 없이 찍혀온다.

곤은 연신 바닥을 굴렀다. 흙먼지가 그의 옷을 더럽혔지만 그렇게라도 하지 않으면 도끼날을 피할 수가 없었다.

휘말리기라도 하면 크게 다칠 수 있음으로 어린 오크들과 오크 전사들은 멀찌감치 물러났다.

코일코만이 마른침을 삼키며 위태위태한 곤을 지켜보고 있었다.

폭풍과 같은 공격에 곤의 등줄기에서 엄청난 양의 식은땀이 흘러내렸다.

신경이 극도로 날카로워지며 집중력이 극대화되었다.

조금 지쳤는지 볼튼의 공격이 느려졌다. 놈의 하체가 그대로 드러났다.

곤은 안쪽으로 파고들며 무릎 관절 뒤쪽을 발목으로 강하게 쳤다.

아무리 전신을 단련시켜도 절대 강해질 수 없는 부위가 존재했다.

바로 사타구니와 관절 부위, 명치와 인중이다. 그곳은 큰 힘을 가하지 않고 가격해도 효과를 볼 수 있었다.

역시 예상이 맞았다.

볼튼은 돌부리에 걸려 넘어지기라도 한 것처럼 한쪽 무릎을 풀썩 꿇고 말았다.

기회였다.

곤은 그의 어깨를 잡았다.

몸을 한 바퀴 회전시키며 한쪽 다리로 볼튼의 목을 쳐서 넘겼다.

육중한 볼튼의 몸이 뒤로 넘어갔다.

볼튼이 도끼를 놓쳤다.

곤은 그의 팔을 잡고 가슴 쪽으로 당겼다.

이제 허리를 펴면 끝이다. 이제껏 이 기술에 당하고 일어선 자를 보지 못했다. 힘이 아무리 강해도, 기술이 아무리 좋아도 팔뼈와 인대가 단숨에 부러진다.

하지만 곤이 예상하지 못한 일이 벌어졌다.

"어?"

볼튼의 힘이 예상보다 훨씬 강했다. 그는 팔의 근육만으로 곤의 몸무게를 감당했다. 한쪽 무릎을 바닥에 댄 채 천천히 일어선다.

"이, 이럴 수가?"

곤은 믿을 수가 없다는 얼굴로 볼튼을 바라봤다. 볼튼의 얼굴에서 살기가 번들번들 퍼져 나왔다. 그는 그대로 곤을 들어 올린 후 바닥에 내려쳤다.

콰앙!

엄청난 충격이 곤의 전신을 강타했다.

입이 저절로 벌어지며 고통 가득한 신음이 튀어나왔다. 허리가 부러지는 충격이 느껴졌다.

그래도 팔을 놓지 않았다. 어떡하든 볼튼의 팔을 부러뜨리기 위함이었다.

조금만 더 당기면 되는데.

조금만.

"빌어먹을 인간 놈!"

볼튼은 곤을 다시 들어 올렸다.

그러고는 바닥을 향해서 내리찍었다. 둔탁한 소리와 함께 곤의 몸이 활처럼 휘었다.

장기를 다쳤는지 검붉은 피가 입에서 튀었다. 그럼에도 끝까지 팔을 놓지 않았다.

"용자 같은 소리 하네."

볼튼도 어금니를 강하게 물었다. 그 역시 타격이 없는 것은 아니었다.

팔의 근육과 뼈가 반대로 꺾여 있는 상태였다. 또한 곤의 몸무게를 그대로 버티고 있는 상황이다.

근력이 약한 오크였다면 팔이 부러져 반대쪽으로 살갗을 뚫고 나왔을 것이다.

그도 고통을 참으며 곤을 내려치고 있는 중이다.

곤의 허리가 부러치든지 볼튼의 팔이 부러지든지 둘 중의 하나였다.

그들을 지켜보던 두 쌍의 눈이 있었다. 바위의 용자라고 불리는 족장 그루젤리와 그의 장남인 정화의 용자 헝가스였다.

"곤이라는 인간이 특이한 기술을 사용하는군요."

헝가스가 말했다.

"그렇군. 생전 처음 보는 기술이야."

그루젤리가 고개를 끄덕였다.

오크는 밀림에서 사는 특성상 대형 몬스터와 자주 사투를 벌어야 했다.

그들에게 체술은 통하지 않았다.

대형 몬스터를 잡기 위해서는 무지막지한 힘을 바탕으로 한 일격 필살의 기술이 용이했다. 그렇기에 그들이 사용하는 무기도 무거울 수밖에 없었다.

그루젤리와 헝거스는 곤이 쓴 기술이 재미있기도 하고 신기하기도 했다.

그들이 보기에 곤이 쓴 체술은 쓸모가 없지 않았다. 곤의 힘은 볼튼과 상대가 되지 않았다.

너무도 압도적인 완력이라 곤이 금방 무릎을 꿇을 것만 같았다.

하나 지금 둘은 막상막하로, 둘 다 정신력으로 버티고 있었다.

비슷한 완력과 체구, 기술을 가진 상대라면 저런 체술이 무척이나 유용할 듯싶었다.

"이러다 둘 중 한 명은 크게 다칠 것 같습니다. 여러모로 좋지 않습니다. 샤먼께서 인간을 소중하게 보살피라고 하지 않으셨습니까."

"그랬지. 하지만 우리는 전사다. 전사와 통하려면 같은 전사여야 하지 않겠느냐."

"그 말이 맞습니다만 죽기라도 하면 큰일이 날지 모릅니다. 신의 노여움을 살지도 모르고."

"그래, 그렇지. 일단 말리자꾸나."

그제야 그루젤리와 헝가스가 앞으로 나섰다.

그들은 극한의 사투를 벌이고 있는 볼튼과 곤에게 다가갔다.

하지만 그들은 한발 늦고 말았다.

악에 받친 두 사내는 절대로 멈출 기색을 보이지 않았다. 볼튼이 있는 힘껏 곤을 바닥에 내려쳤다. 곤은 젖 먹던 힘을 다해 볼튼의 팔을 꺾었다.

빠각!

"크아아악!"

부러진 볼튼의 뼈가 팔뚝을 뚫고 나왔다.

곤도 성치 않았다.

그는 십여 미터를 굴러간 후 꼼짝도 하지 않았다. 온통 피투성이다. 목숨을 잃지는 않았어도 큰 상처를 입었음이 분명했다.

"곤 아저씨!"

코일코는 처절한 비명을 지르며 의식을 잃은 곤에게 달려갔다.

Chapter 9. 독인 탄생

"이것 참······."

족장 그루젤리는 난감한 표정을 지었다.

그는 눈앞에 무릎을 꿇고 앉아 있는 볼튼을 보았다. 그의 옆에는 20년 지기인 대지의 용자 케르만이 서 있다.

볼튼의 상태는 그다지 좋지 않았다.

팔이 부러져 두꺼운 가죽으로 칭칭 감고 있고 밤새 고열에 시달렸다고 한다.

그런데도 며칠이 지나 정신을 차리자마자 인간과 다시 한 번 대결을 하게 해달라고 한다.

볼튼만 그리한다면 생명의 신 단가의 뜻에 어긋나는 일이라며 호통을 치고 내쫓았을 텐데 오랜 지기인 케르만까지 있는 앞에서는 차마 그럴 수가 없었다.

"볼튼은 장차 내 뒤를 이을 아이네. 이 아이가 큰 모욕을 당했어. 그러니 제발 인간과의 대련을 허락해 주게."

케르만이 말했다.

"하지만 샤먼 샬롱쿠기께서 허락하지 않으실 거야. 어제 일로 샬롱쿠기께서 꽤나 노하셨거든."

어쩔 수가 없었다. 샬롱쿠기를 딸아야 했다.

사실 곤으로 인해 코일코가 근래 들어 꽤나 밝아졌다. 누군가의 뒤에 숨기만 하고 겁이 많던 아이가 아니던가.

그런 아이가 어제는 어린 오크들 중에서 가장 강하다는 쿠기쿠기와 맞서 싸웠다.

코일코의 성격을 조금이라도 바꿔준 인간에게 호감이 가는 것은 어쩔 수가 없었다.

또다시 인간과 볼튼이 대련을 한다면 누군가 한 명은 죽을지도 모르는 일이었다.

그루젤리는 어떡하든 둘의 싸움을 말리고 싶었다.

"둘이 사생결단을 내자는 것이 아니야. 단지 승부를 겨루고 싶을 뿐이지. 자네도 오크라면 어떤 마음인지 알 텐데 그런가. 샤먼 샬롱쿠기께서도 그 정도는 이해해 주실 것이네."

"하지만……."

대답을 하기가 참으로 껄끄러웠다.

코일코에게 듣자니 인간은 척추가 부러질 뻔했다고 한다. 마쉬 스네이크의 피를 정제한 약을 먹이고도 삼 일을 누워 있어야 했다.

똥오줌도 가리지 못해 코일코가 하루 종일 붙어 있었다.

그런 인간에게 가서 다시 한 번 대련을 펼치라고 한다는 것
은 말이 되지 않았다.

아니, 같은 오크족끼리는 가능하다. 하나 곤은 오크족이 아
니지 않은가.

"제발 부탁드립니다, 바위의 용자시여. 인간에게 팔이 부러
졌다는 것은 참을 수가 없습니다. 다시 한 번 그와 붙고 싶습
니다. 제가 강하다는 것을 증명하고 싶습니다. 다른 오크 전사
들도 그것을 보고 싶을 겁니다."

"하나 약조해 주게."

거칠게 자란 턱수염을 매만지던 그루젤리가 이윽고 입을 열
었다.

"어떤 약조라도……."

볼튼은 고개를 깊게 숙였다.

"절대 인간을 죽여서는 안 되네. 그는 우리와 같은 오크가
아니야. 신의 뜻에 따라 이곳에 온 인간이네. 신의 뜻을 어기
게 되면 우리의 생존도 보장받지 못하네."

"절대로, 절대로 인간을 죽이지 않겠습니다."

볼튼은 죽이지 않겠다고 말했다. 본인도 모르게 무의식중에
나온 말이다.

그 말은 자신이 상대를 얕보지만 않았다면 이길 수가 있다
는 말과도 같았다.

그루젤리는 그것을 눈치챘다.

다음 세대 용자의 칭호를 이어받을 전사의 자만심이 하늘을 찌르고 있다. 좋지 않은 징후였다.

볼튼은 인간이 보여준 기괴한 기술을 너무 안일하게 생각하는 듯했다.

"알았네. 하지만 이것도 명심하게. 인간이 자네와의 대련을 허락하지 않는다면 포기해야만 하네."

"……."

볼튼은 눈을 치켜뜨고 용자들을 똑바로 쳐다봤다. 강하게 어금니를 무는 소리가 똑똑하게 들렸다. 그만큼 볼튼은 큰 분노를 느끼고 있었다. 너무도 호전적인 오크였다.

"그것만은 안 됩니다. 결판을 내게 해주십시오."

"그렇게 고집을 부릴 텐가."

그루젤리가 몇 번이나 말했지만 볼튼은 끝내 결투를 벌이지 않겠다는 대답을 하지 않았다.

그루젤리는 길게 한숨을 내쉴 수밖에 없었다. 저 물소와 같은 볼튼을 더 이상 말릴 수가 없었다.

"돌아들 가시게. 저녁이 되기 전에 기별을 주겠네."

이렇게까지 했는데 족장인 그루젤리를 다그칠 수는 없었다.

케르만과 볼튼은 그루젤리에게 고개를 숙이고는 천막 밖으로 나갔다.

*　　　*　　　*

코일코는 걱정스러운 눈빛으로 곤을 바라보고 있었다. 곤은 샤먼 살롱쿠기의 처소 한구석에 누운 채 밤새 끙끙 앓았다.

열이 펄펄 끓었으며 종종 괴성을 지르기도 했다.

그의 상태가 심상치 않음을 안 살롱쿠기는 마쉬 스네이크의 정제된 약을 강제로 마시게 했지만 좀처럼 상태는 나아지지 않았다.

똥오줌도 가리지 못하고 줄줄 흘려서 모든 대소변을 코일코가 받아냈다.

"살롱쿠기 할아버지, 곤 아저씨 죽는 것은 아니겠죠?"

"글쎄다. 나도 잘 모르겠구나. 최선을 다했으니 기다려 보는 수밖에 없지만……."

살롱쿠기는 말끝을 흐렸다.

그는 대샤먼처럼 주술을 하지 못했다.

그가 할 수 있는 것은 약을 만드는 것과 신의 목소리를 듣는 것뿐이었다.

그의 사부인 대샤먼 크레타스가 갑자기 실종되었기 때문이다.

가르침을 받지 못한 살롱쿠기는 반쪽짜리 샤먼이 될 수밖에 없었다.

"으으으윽."

곤이 고통스러운 신음을 흘렸다.

"아저씨, 곤 아저씨, 괜찮아요?"

곤은 대답하지 못했다. 의식을 차리지 못했지만 육체가 본능적으로 고통을 호소하고 있었다.

주르륵.

지린내가 풍겼다.

그것이 무엇을 뜻하는지 코일코는 알고 있었다. 소년은 익숙하게 곤의 바지를 벗겼다.

바닥에 깔아놓은 천에 소변이 묻어 있다. 피가 섞인 소변이다.

코일코는 깨끗한 물을 적신 헝겊으로 곤의 허벅지를 닦아냈다.

그리고 다시 천을 간 후 바지를 입혔다. 곤이 낫지 않는 이상 반복할 수밖에 없는 행동이다.

"아무래도 이상해요. 이러다가 죽을지도 모르겠어요, 할아버지."

"장기가 심하게 훼손됐다. 그렇지 않으면 소변에서 피가 섞여 나올 리가 없단다."

"장기요?"

"그래."

샤먼 살롱쿠기는 고개를 끄덕였다.

그도 심한 분노를 느끼고 있었다.

모두가 보는 앞에서 제사를 지내고 신의 목소리를 들었건만 타 종족에 배타적인 종족의 특성상 이런 일이 벌어지고 말았다.

만에 하나 이자가 신의 대리인이라면 절대로 큰 재앙을 피하지 못하리라.

문제는 다른 오크들의 생각이었다.

신께서 말하신 정화자는 인간이 아니라 자신들 중에 있을 것이라고 생각한 것이다.

흥망성이 이곳으로 떨어졌다. 그 흥망성의 화신이 인간이고, 싹이 크기 전에 미리 잘라 버려야 한다는 소문이 퍼졌다. 소문을 낸 자가 누구인지는 알 수 없었다.

하나 케르만이 이런 소문을 낸 것이라고 짐작할 수는 있었다.

덩치만 큰 것이 아니다. 무척이나 야비한 녀석이었다.

인간이 크게 다친 것을 안 다른 오크들이 수군거렸다.

아무리 오크들이 대담무쌍하고 전투에 능한 종족이라고는 하지만 신은 두려워했다.

신의 목소리까지 들은 판에 인간의 크게 다치자 더럭 겁이 날 수밖에 없었다.

분위기는 케르만과 볼튼에게 안 좋게 흘러갔다. 그러자 이들은 정화자가 오크라는 소문을 흘렸다. 그리고 흥망성을 지닌 자가 인간이라고 지목했다.

분위기는 급변했다.

오크들은 사경을 헤매고 있는 인간을 멀리하기 시작했다.

"멍청한 것들."

울화가 치밀어 오른 살롱쿠기는 어리석은 오크들을 향해서 나직이 욕설을 내뱉었다.

"할아버지, 그럼 어떻게 해야 하죠?"

코일코가 살룽쿠기를 재촉했다. 잠시 상념에 빠져 있던 살룽쿠기의 정신이 돌아왔다.

"내상을 치료할 수 있는 약초는 많다. 하나 지금처럼 피똥을 쌀 만큼 큰 내상을 치료할 수 있는 약초는 단 하나뿐이다."

코일코의 정신이 번쩍 들었다.

"만드라고라!"

"맞다. 약초 중의 왕이라 불리는 만드라고라라면 능히 내상을 치료할 수 있을 것이다."

"만드라고라는 어디서 구할 수 있죠?"

"아쉽지만 그것을 구하기란 불가능하다."

"왜요?"

"그 약초가 바빌라 고원에 있기 때문이다."

"바, 바빌라 고원."

코일코의 얼굴이 굳어졌다.

바빌라 고원은 그랑쥬리 정글에서 가장 높은 산을 이르는 말이다. 높이는 까마득하고 수십 년째 만년설로 뒤덮여 있다.

바빌라 고원에서 시작되는 엄청난 높이의 폭포에서 떨어진 만년수가 밑으로 내려와 오크들이 식수를 구하는 캔던 호수가 된다.

이제껏 많은 오크 전사가 용기를 보이기 위하여 바빌라 고원으로 향했지만 대다수가 돌아오지 못했다. 돌아온 자는 코일코의 아버지인 그루젤리뿐이었다.

돌아온 그루젤리는 큰 상처를 입고 있었다.

몇 날 며칠을 누워 있던 그가 깨어나서 한 첫마디는 '바빌라 고원은 지옥이다. 누구도, 누구도 그곳에는 가지 말아야 한다. 나 바위의 용자 그루젤리가 명한다' 였다.

그 이후 오크들에게 바빌라 고원은 공포의 대명사가 되고 말았다.

"하지만… 하지만 이대로 두면 곤 아저씨가……."

서러움을 참지 못하고 코일코는 굵은 눈물을 뚝뚝 흘렸다.

곤과 함께 지낸 시간은 길지도 그렇다고 짧지도 않았다. 그 시간 동안 가장 큰 의지가 되어주고 벗이 되어준 곤이다.

그로 인해서 그 무섭던 쿠기쿠기에게도 덤빌 수가 있었다. 아버지도 못 한 일이다.

그런 곤이 죽는다고 생각하니 너무도 슬프고 두려웠다.

"이겨낼 것이다. 곤라는 인간이 신께서 말한 그자라면 이 정도 시련쯤은 반드시 이겨낼 것이다."

살롱쿠기는 어린 코일코에게 희망을 주었다.

하지만 희망은 오래가지 않았다.

며칠이 지났다.

곤의 상태는 나아지지 않았다. 오히려 더 악화되어 가고 있었다.

시간마다 입에서 검붉은 피를 몇 사발이나 뱉어냈다. 검붉은 피에는 조각난 장기가 섞여 있었다.

정신은 깨어났지만 깨어난 것이 아니었다. 눈빛이 죽어 있었다. 말 한마디 할 힘도 없어 보였다.

코일코가 몇 번이나 말을 붙였다.

곤은 그런 코일코를 보며 힘없이 웃고는 의식을 잃고 말았다.

정신을 차리고 졸도하기를 반복했다.

코일코와 살롱쿠기가 할 수 있는 일은 더 이상 없었다. 살롱쿠기가 최선을 다해서 약을 달여 곤에게 먹였지만 전혀 차도를 보이지 않았다.

아버지인 그루젤리가 찾아와 어서 몸을 회복해야 한다고 말했다.

코일코는 왜냐고 물었다. 그루젤리는 무척이나 난감한 표정을 지으며 명예를 걸고 볼튼과 다시 한 번 대련을 펼쳐야 한다고 하였다.

코일코는 황당했다.

똥오줌도 가리지 못하고 있는 곤이다.

제대로 일어서지도 못한다. 그런 그가 무슨 수로 볼튼과 대련을 한다는 말인가.

"아들아, 할 수 없단다. 볼튼이 전사의 명예를 들고 나온 이상 반드시 대련을 해야 한다. 이것은 나도 막을 수가 없다."

"아버지, 저 사람을 제대로 보신 거예요? 죽어가고 있다고요. 지금 이럴 때가 아니라 곤 아저씨를 어서 고치는 것이 우선이라고요."

"미안하구나. 하지만 인간이 제대로 싸울 수 없는 상태인 것은 확인했다. 최대한 대련 시기를 늦추도록 해보마."

그루젤리는 마을로 내려갔다.

그런 아버지를 코일코는 원통한 눈빛으로 바라볼 수밖에 없었다.

볼렌덴 문이 밝게 빛내고 있는 밤이었다.

천막의 문이 열리며 코일코가 밖으로 나왔다. 소년은 등짐을 메고 있었다.

뭔가 단단히 결심한 표정이다. 안에서는 살롱쿠기의 얕은 코 고는 소리가 들려왔다.

등짐에는 며칠간 먹을 수 있는 식량과 식수가 들어 있었다. 옆구리에는 코일코가 들 수 있는 수준의 작은 도끼가 매달려 있다.

소년은 천막을 돌아보며 말했다.

"곤 아저씨, 꼭 아저씨를 살릴 수 있는 만드라고라를 가지고 올게요. 할아버지, 부디 그때까지 곤 아저씨를 부탁합니다."

코일코는 고개를 꾸벅 숙인 후 산길을 걷기 시작했다.

*　　　*　　　*

곤은 몇 번이나 일어났다 졸도하기를 반복했다.

깨어 있는 시간보다 의식을 잃고 있는 시간이 많았다.

깨어날 때는 극심한 통증이 전신을 휘감을 때뿐이었다.

수발은 살롱쿠기가 직접 했다. 그는 곤에게 무척이나 미안해했다.

"그런데 코일코는 어디에 있죠?"

곤이 힘겹게 물었다.

"나도 모르네. 며칠 전 갑자기 사라졌지. 제발 섣부른 짓을 저지르지 말아야 할 텐데."

살롱쿠기는 한숨을 내쉬며 말했다.

그의 말투에서 불안함을 엿봤다. 곤은 무슨 일이냐고 물어봤다. 살롱쿠기는 머뭇거리더니 이내 알고 있는 사실을 말해주었다.

바빌라 고원.

곤도 이제 그곳이 어디인지 알고 있다.

그곳이 얼마나 위험한 곳인지는 본인이 가장 잘 알고 있었다.

맨 처음 부서진 달의 세계를 본 장소가 그곳이니까.

"몸을 추스르게. 그렇지 않으면 죽을 수도 있어."

살롱쿠기는 곤의 하체를 깨끗이 닦아낸 후 밖으로 나갔다.

곤은 움직이려고 애를 썼다. 하지만 꼼짝도 할 수가 없었다.

팔다리가 전혀 움직이지 않았다. 하다못해 손가락 끝도 움직일 수가 없었다.

살롱쿠기의 말로는 뼈는 다 치료되었다고 했다. 움직일 수 없는 이유는 장기가 조각조각 났기 때문이라고 하였다. 부서진 장기에서 독성이 퍼져 전신으로 퍼지고 있다는 말과 함께.

그의 말대로라면 아직 살아 있는 것은 기적이나 다름없었다.

곤은 누운 채 무상심법을 시도했다. 얼마 전 느낀 단전의 힘을 이용해 볼 참이다.

내기가 느껴지면 체력의 회복 속도가 빨라진다. 혹여 장기에도 영향을 주지 않을까 생각했다.

다행히도 단전은 다치지 않은 모양이었다. 내기가 느껴졌다. 전신으로 움직이기 위해 정신을 집중했다.

순간 온몸이 찢어지는 느낌이 들었다. 근육이 튀어나오며 심줄이 폭발하려고 한다.

"으아아아악!"

너무나 큰 고통에 비명이 터져 나왔다.

대소변을 받은 천을 빨기 위해 밖으로 나간 살롱쿠기가 다급하게 천막 안으로 돌아왔다. 그는 너무도 끔찍한 모습을 보고 말았다.

칠공에서 피가 뿜어져 나오고 있었다.

그것뿐이 아니었다. 작은 모세혈관에서도 피가 뿜어지고 있다. 단숨에 모든 피를 밖으로 내뿜으려는 듯이 천막을 가득 적셨다.

얼마나 고통스러울까.

곤이 비명을 지르는 것은 당연했다. 그는 그대로 의식을 잃고 말았다.

만 하루가 지나서 곤은 깨어났다.

상당한 양의 피가 빠져나가 안색은 더욱 안 좋아졌다. 납빛으로 변했다는 말이 옳을 것이다. 금방 죽을 목숨이라고 해도 믿을 정도였다.

곤은 자신이 겪은 일을 생각해 보았다. 왜 육신이 비명을 질렀을까 생각하고 또 고민했다.

내기는 인간의 내부에 잠재된 기운이다.

밖으로 분출되는 힘과는 차별된다.

그것은 혈관을 튼튼하게 하고 뼈와 근육의 노화를 막아준다고 하였다.

내기의 발전된 모습이 내공이다.

내공은 내기를 밖으로 분출시키는 것을 말한다. 내공의 직접적인 모습은 본 적이 없다.

내기의 존재를 알아차린 것도 그랑쥬리 정글에 떨어지고 난 후니까.

어쨌든 내기란 사용할 수 있는 사람에게 무척이나 유용하다.

하나 내기를 운용한 순간 왜 그토록 전신이 찢어지는 고통이 느껴졌을까.

결론은 하나였다.

내기가 흐를 만한 통로가 없는 것이다.

내장이 모조리 망가진 상태에서 혈관을 타고 흐르는 내기가 길을 잃고 밖으로 힘을 분출시켰기 때문이다.

그럼 뼈에만 내기를 흐르게 하는 것이 가능할까.

만약 가능하다면 최소한 서고 걷는 정도는 할 수 있을 듯했다.

곤은 다시 한 번 내기를 느꼈다. 따뜻한 기운은 금방 느껴졌다. 내기가 서서히 움직였다. 평상시의 움직임대로 혈로를 탔다.

아니야. 그리로 가면 안 돼.

곤은 내기의 힘을 멈추게 했다.

그러나 이미 늦었다.

내기는 혈관을 타고 빠르게 움직였고, 다시 한 번 죽음의 고통이 찾아왔다.

"으아아아아아아악!"

비명이 터졌다. 그의 칠공과 모세혈관에서 상당한 양의 피가 뿜어졌다.

천막 안은 그가 내뿜은 피로 흠뻑 젖었다. 한쪽 구석에서 잠을 청하고 있던 살롱쿠기가 번쩍 고개를 들었지만 고통을 막아주지는 못했다.

곤은 기절했다.

몇 번이나 반복했다.

그는 깨어날 때마다 내기를 움직였다.

천종산삼도 없다.

육체를 움직일 수도 없었다. 그가 가진 무기는 오직 살아남겠다는 의지뿐이었다.

내기에 대해서 전혀 알지 못하는 살룽쿠기는 그런 그를 안타깝게 바라만 볼 뿐이다.

그는 곧 곤이 죽을 것이라 여겼다.

그의 손아귀에는 독약이 들려 있었다.

곤이 고통을 참지 못하면 물에 약을 타서 먹일 생각이다. 더 이상 곤이 죽음보다 강한 고통에 허덕이는 것을 보는 일이 힘들었다.

일곱 번의 피의 절규.

일곱 번의 혼수상태.

지켜보는 이가 더 힘들었다.

살룽쿠기가 보기에 더 이상 내버려 두는 것도 몹쓸 짓이었다.

그가 살아날 가망은 보이지 않았다.

약도 넘기지 못한다.

뼈만 남았다고 보면 된다. 수분이 남아 있지 않아 피부가 금방이라도 찢어질 것만 같았다.

더 이상은 안 되었다.

살룽쿠기는 약에 두 알의 독약을 넣었다. 멧돼지도 즉사시킬 정도의 위력을 가진 독약이다.

코일코를 봐서라도 끝까지 지켜주고 싶지만 그럴 수가 없었다.

이렇게 인간이 고통 속에 죽게 되면 반드시 언데드로 되살아날 것이다.

세상에 대한 한과 고통이 많을수록 언데드로 다시 태어날 확률이 높았다.

어둠의 샤먼이나 흑마법사가 다크 나이트를 만들 때 가장 쉽게 쓰는 방법이기도 했다.

"미안하구나, 인간."

한숨을 내쉰 살롱쿠기가 독이 든 약을 들고 곤이 잠들어 있는 천막을 향해서 걸음을 옮겼다.

*　　　*　　　*

누군가 곤이 잠들어 있는 천막의 발을 제치고 들어섰다. 안에는 살롱쿠기가 피워놓은 향이 은은하게 퍼져 있다. 주로 환자들의 심신을 안정시키기 위해서 피워놓는 향이라는 것을 낯선 자는 알고 있었다.

낯선 자는 투록스라는 오크였다.

그는 친구에게 곤을 죽여 달라는 부탁을 받았다. 처음에는 꺼림칙했지만 어릴 적부터 같이 자라온 친구의 부탁을 거절할 수가 없었다.

그는 곧 위대한 자가 될 테니까.

사실 보통의 오크 전사들과 능력의 차이가 별로 없는 그로서는 친구의 부탁을 들어줌으로써 한자리 꿰찰 생각도 가지고 있었다.

그는 발소리가 나지 않게 움직여 곤이 누워 있는 침상으로 다가갔다.

곤의 몰골은 끔찍했다.

투록스가 신경 쓰지 않는다고 하더라도 곤이라는 인간은 금방이라도 죽을 것만 같았다.

그는 가지고 온 헝겊을 꺼냈다. 그것을 손에 쥐고 곤의 코와 입을 막았다.

이렇게 수십 초만 지나면 이 인간은 생명의 신 단가에게 돌아갈 것이다.

그 순간,

곤의 눈이 번쩍 뜨였다. 깜짝 놀란 투록스는 뒷걸음질을 치며 엉덩방아를 찧고 말았다.

곤은 죽음의 신과 사투를 벌이고 있었다. 보이지 않는 어둠은 그의 손을 잡고 스틱스(Styx) 강을 건너려고 했다.

곤은 발버둥을 쳤다.

이렇게 갈 수는 없다고, 혜인에게 돌아가기 전에는 죽을 수 없다고.

어둠은 그에게 물었다.

[네가 살아날 수 있는 방법이 있느냐?]

곤은 망설이지 않고 대답했다.

[죽음조차 뛰어넘을 수 있는 의지. 그것이 나의 힘이오.]

만족한 대답이었을까, 아니면 어둠이 잠시의 시간을 그에게 준 것일까.

어둠은 더 이상 곤에게 아무것도 묻지 않았다.

"크흑."

어깨의 상처가 살아 있는 생명처럼 꿈틀거렸다. 녹색의 기운은 점차 곤의 전신으로 퍼져 나갔다. 녹색 기운은 혈도를 따라 움직였다.

끊어진 혈도가 대부분이다.

이런 상태로 살아 있는 것은 곤의 살아남겠다는 의지 때문이었다. 삶은 포기하는 순간 곤은 그대로 절명하고 말 것이다.

길은 잃은 녹색 기운은 어깨의 상처로 되돌아가지 않았다. 대신 끊어진 혈도를 억지로 이어 다시 앞으로 나아갔다.

끊어진 혈도가 이어질 때의 고통은 고스란히 곤이 부담했다.

혈도가 하나씩 연결될 때마다 곤은 일본군이 행하는 고문과는 비교도 할 수 없는 고통을 겪어야 했다.

얼마나 고통이 강한지 소변과 대변까지도 그대로 지리고 말았다.

꽈직!

어금니를 너무 강하게 물어 부서지고 말았다. 그럼에도 곤은 입을 벌리지 못했다. 입을 벌렸다가는 모든 것이 끝장 날 것만 같았다.

녹색 기운은 혈도를 모두 이었다.

혈도를 모두 이은 녹색 기운은 혈관을 팽창시켜 나갔다. 전신의 혈도를 모두 팽창시킨 녹색 기운이 이제 갓 생성된 곤의 단전으로 흡수되었다.

그 순간이었다.

곤의 모든 모공에서 독무가 흘러나오기 시작했다. 조금씩 흘러나오던 독무는 점점 속도가 빨라졌다.

어느새 독무가 천막 안을 가득 메웠다.

"크으으윽."

투록스는 자신의 목을 부여잡았다. 혈관이 툭툭 터지고 눈알이 빠지려고 한다.

그는 독에 중독되었다는 것을 금방 깨달았다. 당장 일어나서 천막 밖으로 나가야 살 수 있다는 것을 알지만 다리가 움직이지 않았다.

팔과 다리에 마비가 온다.

혀가 움직이지 않아 말을 할 수가 없었다.

혈관이 팽창하며 근육이 경직되었다.

푸식!

칠공에서 피가 뿜어져 나왔다. 곧이어 그의 몸은 양초가 녹는 것처럼 흐물흐물하게 변해갔다.

투록스 그는 목적을 이루지 못하고 한 줌의 핏물이 되고 말았다.

녹아버린 그의 핏물이 뭔가에 이끌리듯 한쪽으로 끌려갔다.

핏물이 끌려간 곳은 다름 아닌 곤이 누워 있는 곳이었다. 핏물은 곤의 몸에 흡수되었다.

미라처럼 말라 있던 그의 혈색이 한결 좋아졌다.

"후우욱, 후우욱."

거칠던 숨소리도 평온해졌다.

스산한 기운이 감돌던 곤의 녹색 눈동자는 천천히 본래의 모습을 찾고 있었다.

                    *   *   *

독이 든 약을 들고 곤이 누워 있는 천막으로 들어간 살룽쿠기는 자신의 두 눈을 의심했다.

당장 죽어도 이상할 것 없는 상태이던 곤이 천천히 몸을 일으키더니 발바닥을 땅에 대는 것이 아닌가.

앙상한 다리는 그의 몸을 버티지 못하고 금방이라도 부러질 것만 같았다.

"이, 이게 도대체……."

곤은 살룽쿠기를 보며 빙그레 웃었다.

너무 말라 있어서인지 웃는 모습이라기보다는 찡그리는 것처럼 보였다.

하지만 혈색은 전보다 확실히 좋아졌다.

약을 만드는 동안 도대체 무슨 일이 있었던 것일까.

"역시 위 공기가 좋군요."

"자, 자네, 일어날 수 있나? 몸은… 몸 상태가 최악일 텐데……."

"그럭저럭……."

곤은 엉덩이를 뗐다. 완전히 몸을 일으키고는 휘청거렸다. 최악의 근력 상태라 서 있을 수가 없었다.

지금 그가 서 있을 수 있는 까닭은 뼈를 관통하여 힘을 실어 준 기이한 내기 덕분이었다.

곤이 휘청거리자 살롱쿠기가 재빠르게 다가가 부축해 주었다.

"저, 정말 괜찮은 것인가?"

아직도 믿을 수 없다는 표정으로 살롱쿠기가 물었다.

"당연히 안 괜찮죠. 그러나 이렇게 누워 있을 수만은 없죠. 우리 꼬맹이가 저를 위해서 그 험한 곳으로 갔는데."

"놀랍구만. 정말로 놀라워. 내 살다 살다 이렇게 의지가 강한 자는 처음 보는군. 자네는 의지만으로도 용자가 될 수 있을 게야."

"별말씀을 다 하십니다. 천막 안에만 있었더니 답답하군요. 잠깐 밖의 공기를 맡아보고 싶습니다."

"그러세."

살롱쿠기는 곤을 부축한 채 천막 밖으로 나왔다. 오늘만큼은 모기 떼도 곤을 괴롭히지 않았다.

하늘에는 밝게 빛나는 부서진 달이 그들을 비추고 있다. 다시 볼렌덴 문이 떴다는 것은 코일코가 마을을 떠난 지 보름이 지났다는 말과도 같았다.

Chapter 10. 친구라는 이름으로

코일코는 강변을 따라 올라갔다.

며칠을 그렇게 강을 다라 올라간 후 바빌라 고원이 있는 곳으로 방향을 틀었다.

거센 물줄기가 산맥에서 세차게 내려오고 있었다. 종종 팔뚝만 한 물고기들이 튀어 오르기도 한다.

코일코는 아직 사냥법을 배우지 못했다. 열 살이 되어 성인식을 치르면 오크들의 모든 생활 방식을 배우게 된다. 그전까지는 아이들끼리 전투법만을 배웠다.

하나 먹고 배우는 것이 오크들이 살아가는 방식이었다. 큰 동물은 사냥하지 못할지라도 물고기 정도는 충분히 잡을 수가 있었다.

소년은 물가에 놓인 돌 위에 물고기를 놓고 다른 돌로 내려쳐 기절한 물고기를 잡아 구워 먹었다.

더 어릴 적부터 그렇게 놓았던지라 물고기를 잡는 것은 어렵지 않았다.

하지만 세 번째 물고기 잡이에서는 큰 낭패를 볼 뻔했다. 하필 그 지역이 식인 물고기 야모리의 서식지였던 것이다. 종아리를 물려서 새끼손가락 한 마디 정도의 살점이 떨어져 나갔다.

재빠르게 물가에서 나왔기에 망정이지 하마터면 큰일 날 뻔했다.

바빌라 고원에서 내려오는 계곡 물에는 야모리가 없었다.

워낙 물이 깨끗하여 바닥이 훤히 보여 물고기를 잡기도 어렵지 않았다.

운이 좋다면 바빌라 고원까지 올라 만드라고라를 쉽게 채취할 수 있을 것이라 여겼다.

그것이 크나큰 오산이라는 것을 알게 된 것은 바빌라 고원으로 향하는 산맥에서 길을 잃은 후부터였다.

매일 밤, 대형 몬스터들의 울음이 끊이지 않았다. 무슨 몬스터인지 알 수는 없었다.

아버지나 살롱쿠기가 대형 몬스터들은 이렇게 운다는 식으로 말하기는 했지만 직접 들어보지 않아서 구별할 수가 없었다.

막말로 오거라도 마주치게 되면 한입에 짧은 인생은 끝장나고 말 것이다.

그 외에도 위험천만한 일이 계속 발생했다.

작은 독충들의 함정이 도처에 존재한다. 한 번은 사각이빨
개미 소굴에 빠진 적도 있었다.

사각이빨개미는 크기가 20㎝에 달하는 거대한 곤충이었다.

개미의 특성상 먹는 양도 엄청났다. 만약 먼저 사각이빨개
미 소굴에 빠진 멧돼지가 아니었다면 빠져나오지 못했을 것이
다.

만드라고라를 찾지 못하고 며칠째 쫄쫄 굶었다. 등짐에 가
득 넣어온 음식은 모두 먹어버렸다.

하나뿐인 무기인 도끼는 사각이빨개미의 소굴에서 빠져나
올 때 잃어버렸다.

코일코는 모닥불을 피우고 앉아 있었다.

모닥불 위에는 썩은 나무 밑동에서 얻은 손톱 크기의 굼벵
이가 자글자글 익어가고 있다.

냄새는 그다지 좋지 않았다.

마을에서도 종종 애벌레를 먹기는 했지만 이곳에서는 마을
에서 얻을 수 있는 애벌레를 찾을 수가 없었다.

가장 비슷한 애벌레를 찾긴 찾았는데 몸에 검은 반점이 있
는 것이 불길하게 느껴졌다.

끼기기기긱. 끼기기기긱.

아우우우우.

솜털을 곤두세우는 벌레들의 울음이 코일코의 등줄기를 오

싹하게 했다.

더군다나 산맥에 오르고 나서 하루도 빼놓지 않고 웨어울프의 울음소리가 들렸다.

웨어울프는 이종족과 몬스터 중간쯤에 위치한 특이한 생명체였다.

휴먼이나 인간의 형태일 때는 지성이 존재하지만 볼렌덴 문이 뜨고 나서 웨어울프로 변하게 되면 트롤조차도 슬슬 피하는 폭력성이 강한 몬스터로 변했다.

아버지조차 웨어울프를 단독으로 만나게 되면 무조건 도망치라고 말했을 정도이다.

그만큼 사납고 무서운 존재가 웨어울프였다.

그런 웨어울프의 울음소리가 밤이 되면 하루도 빼놓지 않고 들리자 코일코는 무서워서 미쳐 버릴 지경이었다.

몇 번이나 울어서 눈이 퉁퉁 부었다.

만드라고라를 찾아서 가겠다는 집념이 아니었다면 진작 산을 내려갔을 것이다.

굶주린 배를 움켜쥔 코일코는 굼벵이를 하나 집었다. 먹고 싶은 마음이 들지 않았다.

그래도 먹지 않으면 죽을 수도 있다는 것을 어린 오크라도 알고 있었다.

소년은 굼벵이를 입으로 가져갔다.

"얘야, 그거 먹으면 큰일 나. 잘못하면 죽을 수도 있어."

정글에는 전혀 어울리지 않는 낭랑한 목소리가 들려왔다.

코일코는 깜짝 놀라 굼벵이를 바닥에 떨어뜨렸다.

바닥에 떨어진 굼벵이가 팍 하고 터졌다. 녹색 액체가 흙바닥에 흩어졌다. 역한 냄새가 콧속으로 파고들었다.

숨이 막힐 정도로 역했다.

코일코는 자리에서 일어나 흙을 파고 굼벵이를 덮어버렸다.

그리고 목소리가 들린 곳을 바라봤다.

엄청나게 못생긴 건장한 남성이 숲을 헤치고 나타났다. 곤 아저씨보다도 더 못생긴 듯했다.

인간인가?

신기하게도 머리색은 무척이나 새하얗다.

"누구세요?"

코일코는 긴장하며 물었다.

"나는 숲의 사냥꾼. 그러는 너는 누구지? 아이 혼자서 돌아다닐 정도로 만만한 곳이 아닌데."

그는 코일코의 앞에 털썩 주저앉았다. 그의 피부는 곤보다 더 하얀 것 같았다.

"저는 꼭 구해야만 하는 약초가 있어서요."

"무슨 약초를 구하길래 이렇게 깊은 숲 속까지 들어와. 이곳에 대해서 못 들어봤어?"

"들어봤어요."

"그럼 오늘 밤만 지내고 돌아가는 것이 좋을 거야. 하늘이 도와서 아직 꼬마가 살아 있는 거라고 본다."

"돌아갈 수 없어요."

"왜?"

코일코는 망설였다.

처음 보는 자에게 자신의 처지를 얘기하기가 겁이 났다. 그럼에도 그에게서 친근감을 느끼는 것은 왜일까.

그가 곤과 비슷한 모습을 하고 있기 때문인지도 몰랐다.

"사정이 있어요. 그런데 아저씨도 인간이에요?"

"아저씨도?"

그는 고개를 갸웃거렸다.

그가 이상하게 느낀 것은 인간이란 물음 때문이 아니었다. 아저씨라는 단어가 의아했다.

눈앞의 꼬마는 오크다.

그가 알기로 오크가 인간과 접촉할 일은 거의 없다고 해도 과언이 아니었다.

아니, 이 정글에 사는 이종족 대부분이 인간과의 접촉은 없을 것이다.

"혹시 인간을 본 적 있니?"

남자는 대답하지 않았다. 대신 다시 질문을 했다.

코일코는 고개를 끄덕였다.

남자는 가슴이 답답해지는 것을 느꼈다.

그에게 부모는 없었다.

동료들은 그를 멀리하여 따돌렸다. 당연히 동료라는 개념도 없었다.

친구라는 개념도 존재하지 않았다.

세상은 혼자서 살아가는 것이었다. 그렇기에 그는 마을을 떠났다.

하지만 마을을 떠나자마자 늑대족에게 걸려 목숨을 잃을 뻔했다.

그때 그에게 도움을 준 사람이 있었다.

그가 바로 곤.

부모의 따뜻함과 동료라는 믿음, 친구라는 신의를 알게 해 준 사람이었다.

유일하게 믿을 수 있는 사람이었는데…….

갑작스럽게 변한 그는 낭떠러지에 떨어지고 말았다. 죽지 않았을 것이라 믿지만 마음 한구석에서는 반쯤 포기하고 있었다.

그가 왜 자신에게 살기를 드러냈는지는 어렴풋이 짐작하고 있었다.

곤은 자신이 그를 속였다고 생각하고 있는 것이다. 무척이나 큰 배신감을 느꼈을 테지.

그런 생각이 들자 마음 한구석이 무척이나 아파왔다.

그런데 곤이 죽지 않은 모양이다.

가슴이 요동쳤다. 그를 만나고 싶었다. 정말 미안하다고 말하고 싶었다.

일부러 속이려고 그랬던 것이 아니라고.

그는 바로 각성한 씽이었다.

"혹시… 그 인간의 이름이 곤인가?"

씽은 떨리는 목소리로 물었다.

"어? 어떻게 알았어요?"

코일코는 의아한 눈빛으로 되물었다. 경계하는 눈빛이 역력했다.

씽은 활짝 웃었다. 마음의 짐이 조금은 사라지는 것 같았다.

"살아 있었구나. 살아 있었어. 정말 고맙다. 정말 고마워."

코일코는 왜 이 못생긴 아저씨가 이런 말을 하는지 알 수가 없었다. 곤 아저씨와는 어떤 사연이 있는 듯했다.

"곤은 잘 있나?"

처음 만났을 때는 툭툭 내뱉는 말투였다. 그러나 지금은 한결 부드러워졌다.

"아니요."

코일코는 고개를 가로저었다.

"아니 왜?"

씽은 겁이 덜컥 났다. 혹여 큰 상처를 입지는 않았는지 걱정이 되었다.

"먼저 제가 물어볼게요. 곤 아저씨와는 어떤 관계세요? 그걸 알아야 제가 대답을 하던 하죠."

"아, 나는……."

마땅한 말이 떠오르지 않았다.

목구멍에서 한 단어가 떠오르기는 하지만 차마 입 밖으로 내뱉을 수가 없었다.

그에 대한 모독 같았고, 자신에 대한 죄책감이 깊어졌다. 그래도 뭔가 말을 해야만 했다.

"나는……."

숨을 골랐다. 그리고 입을 열었다.

"그의 친구란다."

"아, 곤 아저씨와 친구였군요. 어쩐지 같은 인간 같더라니. 이제 말씀드릴게요. 곤 아저씨는 많이 아파요."

"왜? 다쳤나?"

"네, 장기가 완전히 망가졌어요. 아저씨를 살릴 수 있는 것은 만드라고라라는 약초뿐이에요."

"아, 어쩌다……."

"저희 부족의 잘못이죠. 아니, 볼튼이라는 힘밖에 모르는 놈 때문이죠."

코일코는 꽤나 분한지 작은 손을 와락 쥐었다. 소년은 씽이 이해가 되게끔 몇 마디를 덧붙였다.

"그렇구나."

반면 씽은 볼튼이라는 이름을 머릿속에 새겼다. 만약 곤이 자신을 용서한다면, 친구로서 받아준다면 그에게 해를 끼친 모든 자를 처단할 생각이다.

곤을 만나고 싶었다.

너무도 보고 싶었다.

"만드라고라는 어떻게 생긴 약초니?"

씽이 물었다.

호랑이족 마을에서만 살아왔기에 공용어는 할 수는 있어도 약간의 단어들이 달랐다.

일종의 사투리인 셈이다. 서로 다른 단어를 쓰니 정확하게 알아야 할 필요가 있었다.

코일코는 만드라고라라는 약초에 대해서 설명해 주었다. 소년도 본 적은 없었다.

그러나 살롱쿠기가 적어놓은 약초도감에서 모양을 봐 어떻게 생긴 것인지는 알고 있었다. 그의 설명을 들은 씽의 얼굴이 밝아졌다.

"그 약초, 어디에 있는지 알 것 같구나."

"정말이에요?"

코일코이 표정이 밝아졌다.

"그래. 하지만 너 혼자서 가기란 무척이나 힘든 곳에 있다. 구하기도 어렵지. 내가 같이 가주마."

"무서운 곳이라면서요. 아저씨도 위험할 텐데요."

"나는 사냥꾼이란다. 미리 예방은 할 수 있지."

"도와주신다면… 정말로 감사합니다."

코일코는 벌떡 일어나 씽에게 90도로 인사를 했다. 씽은 코일코에게서 곤의 이야기를 듣고 싶어 했고, 코일코는 씽에게서 안전함을 느꼈다.

둘의 여정은 그렇게 시작되었다.

*　　　*　　　*

믿음에 대한 배신의 상처는 쉽게 치유되지 않는다.

하지만 사람의 마음이란 갈대와 같아서 믿고 싶은 것만 믿고 보고 싶은 것만 보는 경향이 있었다.

지금의 곤이 그러했다.

그는 매일같이 마을 어귀에 나와 코일코를 기다렸다. 샤먼 살롱쿠기가 있는 천막에서부터 마을 어귀까지는 성인 오크의 걸음으로 40~50분쯤 걸린다.

그러나 곤의 걸음으로는 족히 두 시간 이상 걸렸다. 처음 나흘 동안은 살롱쿠기가 부축을 해줘야만 그곳까지 내려올 수가 있었다.

그런 곤을 보며 부족의 오크들은 비웃음을 흘렸다. 시체처럼 말라서 움직이는 것도 힘들어 보였다.

그런 그가 볼튼과 대련을 한다는 것은 말도 안 된다고 생각했다.

볼튼의 팔은 완전히 나아서 근력을 키우고 있는 중이다. 이번에는 절대로 방심하지 않겠다면서 이를 갈고 있었다.

그들의 비웃음을 곤도 들었다.

개의치 않았다. 그저 코일코가 무사히 돌아오기만을 바랄 뿐이었다.

곤은 마을 어귀에 있는 바위에 앉았다.

바위 뒤에는 커다란 잎을 가진 나무가 있어서 습한 더위를 피할 수가 있었다.

바위에 앉은 그는 곧바로 무상심법을 시작했다. 가부좌를 틀고 정신을 집중했다.

외모는 그대로였다.

장기가 썩고 있어 안색은 창백했다.

그마나 버틸 수 있는 것은 살롱쿠기가 쏟아부은 약과 기이한 느낌을 주는 내기 덕분이었다.

뼈를 관통하는 내기는 섬뜩한 느낌을 주었다. 하지만 그 내기는 곤의 몸에 전혀 해를 주지 않았다.

그 기운은 장기에도 영향을 주었다. 아주 조금씩이지만 썩는 장기의 속도를 늦추었다. 아니, 심지어 막힌 혈도를 풀어주고 있었다.

그렇다고 하더라도 만드라고라는 반드시 필요했다.

시간상의 문제이지 언제 장기와 혈맥이 뒤틀려서 죽을지 모르는 상황이었다. 그것을 바로잡으려면 만드라고라가 있어야 했다.

곤은 매일같이 무상심법을 반복했다.

뼈가 튼튼해지자 움직이는 것도 조금은 편해졌다.

어느 날 살롱쿠기가 물었다.

"내가 궁금한 것이 있네."

"말씀하십시오."

숨을 쉬기도 편해졌다.

오랜 시간 말을 하기는 어려웠지만 약간의 시간을 두고 문답은 가능했다.

"내가 보기에 자네는 죽은 목숨과 다를 바가 없었네. 장기도 완전히 손상되어 있고. 그런데 어떻게 움직일 수가 있는 것인가? 자네의 의지가 무척이나 강한 것은 알고 있지만 그것에는 한계가 있다는 것을 나는 알고 있네."

"그것은 내기라는 힘 덕분입니다."

곤은 간결하게 설명해 주었다.

명석한 살롱쿠기답게 곤이 설명하는 바를 대번에 알아들었다.

"인간이 사용하는 마나라는 것 같군."

"마나요?"

"그렇다네. 자네가 사용하는 힘은 분명 성스러운 신 오델라가 인간에게 내려준 축복이네. 물론 자네는 이 세계 사람이 아니니 조금 다를 수도 있지만."

"이곳의 사람들은 모두 내기, 그러니까 마나를 사용하나요?"

"그건 아니라고 보네. 말했다시피 그것은 성스러운 힘이네. 특별한 인간들에게 부여되지. 아마도 그럴 것일세."

"마나는 어떤 용도로 쓰이나요?"

곤은 내기, 즉 마나가 어떻게 쓰이는지 알지 못한다. 그리고 그가 배운 무상심법의 내기와 지금 몸에서 돌고 있는 내기는 조금 달랐다.

그나마 다행인 것은 두 힘이 상충하지 않고 서로 간섭을 하지 않는다는 것이다.

두 이질적인 힘이 곤의 몸에서 격돌했다면 피를 토하면서 죽었을 것이 확실했다.

"나도 자세한 것은 알지 못하네. 스승인 크레타스님께서 저술해 놓은 인간론에 의하면 마나는 그들의 힘을 극대화시킨다고 하였네. 마나를 방출시키는 자들은 기사라고 하지. 그리고 마나를 재배열하는 자들은 마법사라고 부른다고 적혀 있었네."

마나의 방출.

이것은 내공이다.

"마나의 방출은 어떻게 하는지 알 수 있습니까? 아니면 마나의 활용법이라도."

"미안하지만 그것까지는 알지 못하네. 스승님의 인간론은 그들이 어떻게 살아가는지, 어떤 마음을 품고 있는지를 오크들과 비교해서 저술한 것이네. 무기를 쓰는 형식은 있되 방법은 적혀 있지 않지."

"그렇습니까."

곤은 실망했다.

그것만 알 수 있다면 이렇게 허약해진 몸을 되살릴 수도 있을 텐데.

이러다가 다시는 돌아갈 수 없을지도 모른다는 불안감이 문득 두려움으로 다가왔다.

그래도 포기하지는 않는다.

몸의 고통이 아주 조금씩 사라지는 것을 느낀 곤은 마을 어귀에서 단 하루도 빼놓지 않고 내기를 단련시켰다.

곤은 어렴풋이 느끼고 있었다. 왜 이런 힘이 내부에서 맴돌고 있는지 모르지만 결코 좋은 것이 아니라는 것을.

어쩌면 저주받은 힘인지도 몰랐다.

"비가 오려나."

하늘이 어두워졌다.

아직 때가 아니라 스콜은 내리지 않는다.

쿠르르릉!

먼 하늘에서 번개가 쳤다. 스콜은 아닐지라도 소나기는 내릴 모양이다.

비가 오면 강물이 불어난다. 어린 코일코가 강물을 건너기란 쉽지 않을 것이다.

곤은 걱정스러운 눈빛으로 강이 보이는 건너편을 바라봤다.

그의 눈동자에 뭔가가 보였다.

작은 그 무엇!

코일코였다.

너무나 반가운 마음에 곤은 벌떡 일어났다. 너무 갑작스럽게 일어나 근육이 비명을 질렀다. 입이 벌어지며 다시 주저앉고 말았다.

천천히 움직여야 했다.

곤은 어금니를 물며 천천히 몸을 일으켰다. 그리고 코일코를 향해서 나아갔다.

근육이 비명을 질렀지만 개의치 않았다. 소년에게 가야 했다.

코일코도 곤을 보았다.

아저씨가 자신을 기다리고 있다는 것을 믿지 못하는 표정이다.

그가 곤을 향해서 달렸다.

"아저씨!"

멀리서 곤을 불렀다.

똑똑히 들었다.

이제껏 못생겼다고 생각한 것이 미안했다. 소년의 목소리가 너무도 반가웠다.

코일코는 꽤나 고생을 한 듯했다.

그렇지 않아도 지저분한 얼굴에 때가 꼬질꼬질하다. 그래도 보기가 좋았다.

눈빛은 빛났고 자신이 무엇인가를 해냈다는 자신감이 엿보였다.

곤은 팔을 벌렸다.

코일코가 달려와 곤의 품에 안겼다.

아이가 있다면 이런 기분일까.

곤은 코일코를 꽉 안았다. 잠시 그들은 재회의 기쁨을 나눴다.

"곤 아저씨!"

코일코가 곤의 품에서 나와 밝게 말했다.

"응, 말하렴."

"아저씨는 이제 살 수 있어요."

"그래?"

"네, 아저씨 친구 덕분에 만드라고라를 구할 수 있었어요."

"내 친구?"

곤은 고개를 갸웃거렸다.

이곳에서 친구라고 부를 만한 자는 없었다. 하다못해 동료라고 부를 만한 자도 없다.

"이거요."

코일코는 등짐에서 천으로 둘러싸여 있는 물건을 건네주었다. 많이 보던 천이다.

"이건……."

천종산삼이 들어 있는 봇짐이었다.

"곤 아저씨 친구분이 준 거예요. 정말 미안하다고, 언젠가 볼 날이 오게 되면 진심으로 사과하겠다고 했어요."

"으음."

누군지 예상이 간다. 씽이다. 그가 자신의 물건을 챙겨놓은 것이다.

자신에게 사과하겠다고? 왜?

"아무 일도 없었니?"

"무슨 일이요?"

이해를 못하겠다는 듯 코일코가 물었다.

"그냥 그와 무슨 일이든."

"네. 아주 좋은 아저씨던데요. 만드라고라를 세 뿌리나 캘 수 있게 도와줬고요. 사나운 동물이나 몬스터들이 습격하지 못하도록 미리미리 예방도 했고요. 아, 종종 곤 아저씨를 얘기할 때는 무척 슬픈 표정을 짓곤 했어요. 항상 미안해했고요. 혹시 그 아저씨랑 싸우셨나요?'

싸움이라…….

그것을 싸움이라고 할 수 있을까? 아니다. 어쩌면 자신이 씽에 대해서 오해를 했던 것이 아닐까. 만약 다시 만날 수가 있다면 씽에게 물어볼 것이다. 우리는 아직 친구냐고.

"어른들의 일이란다. 어른들끼리 풀어야 할 문제지. 어쨌든 돌아가자. 샤먼과 아버지가 무척 기뻐하실 거다."

"네, 알겠어요."

곤과 코일코는 발을 맞춰 천천히 마을로 올라갔다. 곤은 슬쩍 코일코를 바라봤다.

키는 그대로지만 어쩐지 무척이나 큰 느낌이 들었다.

이번에 모험은 코일코를 한 단계 성장시킨 듯했다. 그는 코일코의 머리를 흩뜨렸다.

코일코는 '저를 어린애 취급하지 마세요'라는 표정으로 곤을 바라봤다.

그 모습도 대견해 보였다.

곤은 코일코를 보며 부드러운 미소를 지었다.

Chapter 11. 전사로 가는 길

곤은 빠르게 회복되었다.

마쉬 스네이크의 정제된 피와 내기의 순환으로 뼈 하나만은 오크만큼이나 단단해졌다.

기본이 튼튼하니 장기와 근육도 금방 정상을 되찾았다.

그동안 물을 빼고는 아무것도 먹지 못한 곤이다.

그는 만드라고라를 복용한 후 이틀 만에 식사를 하게 됐다.

처음에는 죽을 먹었다.

살롱쿠기가 만든 죽이다. 산에서 난 여러 가지 약초와 고구마와 비슷하게 생긴 뿌리를 갈아서 몇 시간이나 고와 만든 것이다.

향신료 냄새가 진하지만 먹고 나니 속이 무척 부드러워졌다.

하루에 두 번 죽을 먹고 수분을 많이 섭취했다.

본래의 몸을 되찾기 위해 오전에는 근력을 키우고 오후에는 도수도를 연마했다.

도수도의 끝에 다다르면 가행도를 이룰 수 있다고 하였다.

처음에는 한 시간, 다음 날에는 두 시간씩 조금씩 수련하는 시간을 늘려나갔다.

"아저씨."

곤의 모습을 지켜보던 코일코가 흥미로운 표정으로 불렀다.

"왜?"

"저도 같이하면 안 돼요?"

"같이하고 싶니?"

"네."

"그래, 그러자꾸나."

곤은 흔쾌히 승낙했다.

그는 코일코를 앉혀놓고 무학 스님께 배운 사도에 대해서 설명했다.

알아듣지 못한다.

어차피 알아들을 것이라고 생각하지 않았다. 이것은 시간이 지나면서 차차 마음으로 느껴지는 것이었다.

후에 가행도에 대해서 설명했다.

역시 알아듣지 못했다.

그리고 마지막으로 도수도에 대해서 설명해 주었다. 전까지는 하품까지 하며 지루해했지만 강해지는 기술 중에 하나라고 말하자 언제 그랬냐는 듯 눈초리를 빛냈다.

오크는 체력이 강했다.

곤도 강한 편에 속했지만 이들과는 비교도 할 수가 없었다.

완력도 강했다.

코일코는 오크 중에서 약한 편에 속하지만 그렇다고 인간보다 약한 것은 아니었다. 더군다나 이번 모험을 통해서 한 단계 성숙해졌다.

곤은 코일코에게 내기에 대해서 먼저 가르쳤다.

"단전이요? 그게 뭔가요?"

코일코가 물었다.

"단전은 신체 기관이 아니다. 기의 집합체라고 할 수 있지. 기란 생명을 유지하는 근본이다. 쉽게 말하면 어릴 적에는 기가 무척 활발하다. 키를 크게 하고 육체를 발달시켜 나가야 하니까 기가 발달할 수밖에 없단다. 그러다 어느 순간 기는 정체된다. 인간으로 치면 20대 중반쯤에서 기의 활성화는 멈추지. 그리고 조금씩 기가 빠져나간다. 노화가 시작되는 거지."

"그럼 곤 아저씨가 말씀하시는 내기란 인위적으로 기를 만들어내는 것인가요?"

"맞다. 똑똑하구나. 어릴 때부터 기를 수련하게 되면 단전이라는 것이 만들어진다. 나는 열심히 하지 않아서인지 얼마 전에야 단전이 만들어졌다. 단전은 기에 있어서 기관으로 치면 심장 역할을 한다. 심장에서 피를 내보내듯이 단전에서 기를 내보내는 것이다. 기가 많아질수록, 강해질수록 몸은 튼튼해진다. 병에도 걸리지 않고 독에도 강해진다. 근육과 혈관을 튼튼하게 해주니 근력도 강해지는 것은 당연하겠지."

"그거 엄청나게 좋은 거네요?"

"맞다."

"그런데 아저씨는 그리 힘이 강하지 않잖아요."

"오크가 강한 거란다."

"헤헤, 그런가요?"

오크족을 칭찬하자 기분이 좋아지는지 코일코는 방실방실 웃었다.

둘은 나란히 앉아서 내기를 익혔다.

긴 호흡과 짧은 호흡을 반복했다. 아직 익숙하지 못한 코일코가 몇 번이나 콜록거렸다.

참선하는 시간도 조금씩 늘어갔다.

처음에는 10분, 다음 날에는 20분, 일주일이 지나자 1시간까지 대폭 늘었다.

내기 단련을 한 후엔 도수도의 기술을 가르쳤다. 관절이 딱

딱한 편에 속하는 오크가 익히기에는 무척이나 어려운 기술들이었다.

그럼에도 곤은 짜증 한번 내지 않고 도수도를 가르쳤다.

코일코를 가르치면서 느끼는 점도 많았다.

자신에 대해서 다시 한 번 생각을 해보게 되었다.

자신의 움직임을 소년의 움직임에 투영하여 본인의 잘못을 알아내고 있는 것이다.

코일코와 곤 둘 모두에게 무척이나 유용한 시간이었다.

그들은 아버지와 아들처럼 무척이나 다정했다.

그런 곤과 코일코를 바라보는 샤먼 살롱쿠기의 표정은 밝았다.

이제는 말을 해야 할 때였다.

샤먼 살롱쿠기가 다가가자 눈치를 챈 곤이 고개를 숙였다.

생명의 은인이다.

그의 뛰어난 의술이 없었다면 곤은 진작 죽음을 맞이했을 것이다.

코일코는 바닥에 털썩 주저앉아 살롱쿠기에게 고개만 까닥거렸다.

곤의 입장에서 버르장머리가 없는 행동이었지만 살롱쿠기는 개의치 않았다.

곤도 별말을 하지 않았다.

이들에게 예의란 거의 없다고 해도 무방했다. 오크들에게 예의란 강함에 대한 존경과 가족에 대한 보호본능뿐이었다. 연장자에 대한 배려는 거의 없다고 보면 되었다.

그것은 이들만의 문화였다. 곤이 끼어들어서 왈가불가할 문제가 아니었다.

"몸이 많이 나아진 것 같군. 혈색도 좋고."

살롱쿠기가 말했다.

"모두 덕분입니다."

"나보다는 저 작은 코일코가 자네를 살렸지."

"모두에게 감사하고 있습니다."

살롱쿠기는 미소를 지으며 고개를 끄덕였다.

인간이란 참으로 예의가 바른 종족이었다.

오크의 입장에서는 약한 자가 먼저 고개를 숙이는 것으로 보일 수가 있으나 오랜 시간을 살아온 살롱쿠기는 그것이 아니라는 것을 알고 있었다.

"겨우 몸을 추스른 자네에게 미안하네만……."

이 말은 아무리 살롱쿠기라도 하기가 어려웠다.

곤이 깨어나면 말해달라고 족장인 그루젤리가 직접 부탁했다.

아무리 존경을 받는 살롱쿠기라도 족장의 말을 무시할 수는 없었다.

"말씀하십시오. 어떤 말도 괜찮습니다."

곤은 살롱쿠기가 매우 곤혹스러워하고 있다는 것을 느꼈다.

몸이 형편없을 때는 감각이 극대화된다. 예전 독립운동을 하던 친구가 이런 말을 한 적이 있다.

"일본 헌병대 놈들을 피해 마이산에서 열흘간 숨어 있던 적이 있지. 놈들에게 들킬까 봐 그 자리에서 움직이지도 못했어. 먹은 것이라고는 동굴 안으로 스며들어 오는 빗물뿐이었다네. 자네, 삼 일 동안 물과 음식을 먹지 못하면 어떤 느낌이 드는지 아는가? 감각이 칼을 간 것처럼 무척이나 예민해지지. 수십 미터 밖에서 소곤거리며 지나치는 헌병대 놈들의 말소리도 또렷하게 들리더군. 믿을 수 없다고? 추천하지는 않지만 자네도 한번 그런 상황에 처해보게. 인간의 감각이란 무척이나 무서워지니까."

겪고 싶지 않은 경험이었다.

그러나 곤은 몇 번이나 그런 감각을 겪었다. 특히 장기가 파열되었을 때는 그 감각이 최고조에 달했다.

그런 감각은 몸이 회복되면 조금씩 사라졌다. 육체에서 바라지 않기 때문이다.

하나 곤은 아직도 감각을 유지하고 있었다.

몸이 회복되면서 어느 정도 사라지기는 했지만 완전히 없어진 것은 아니었다.

아마도 내기의 영향이 아닐까 곤은 생각했다.

그는 살롱쿠기의 미묘한 표정을 보고는 나쁜 소식이 있다는 것을 대번에 알아차렸다.

"볼튼이 자네와의 재대결을 원하네."

"그건……."

난감하다. 워낙 혹독한 일을 겪었기에 두 번 다시는 그런 경험을 하고 싶지 않았다.

"나도 원치 않네. 하지만 그루젤리가 허락했네."

눈살이 절로 찌푸려졌다.

자신의 목숨을 가지고 다른 자들이 이랬다저랬다 하는 것이 마음에 들지 않았다. 아무리 코일코의 아버지라고 하더라도.

"자네도 알다시피 오크란 종족은 투쟁을 목표로 삼고 있네. 볼튼은 자네에게 설욕을 하고 싶어 하네. 단, 서로의 생명을 취하는 일은 절대로 없을 것."

팔다리가 잘려도 목숨만 살아 있다면 된다는 법칙이 아닌가.

"재대결 날짜가 언제입니까?"

"두 달 뒤네. 자네의 상황을 모두가 알고 있으니 충분한 시간을 주기 위해서지. 병색이 완연한 자네와 대결을 펼칠 수는 없을 테니. 그 이하로는 늦출 수가 없네. 곧 사냥의 계절이 오거든."

"사냥의 계절과 두 달이라……."

그 정도면 나쁘지 않은 시간이었다.

내기와 도수도를 극한으로 연마한다면 어느 정도 자웅을 겨룰 수 있을지 않을까 조심스럽게 생각해 보았다.

사냥의 계절은 우기가 오기 전 반드시 치러야 하는 의식이었다.

우기가 시작되면 우박처럼 쏟아지는 스콜에 의해 정글이 일시 마비에 이른다.

우기는 두 달이나 지속된다.

즉 두 달 동안 식량을 구하기가 어렵다는 말이다. 그전에 충분한 식량을 확보해야 했다.

오크들은 식량을 확보하기 위한 시간을 사냥의 계절이라고 불렀다.

"재대결을 하지 않을 수는 없지요?"

"미안하지만……."

"할 수 없죠. 최선을 다해 몸을 만들어보겠습니다."

"정말 미안하네."

"샤먼께서 미안해할 필요는 없죠. 종족의 특성인 것을."

"그래도 미안하네."

"아닙니다. 이제부터 최선을 다해 그들에게 인정을 받아보겠습니다."

살롱쿠기는 곤을 보며 묘한 표정을 지었다.

정화자의 능력이란 것이 깨어나는 것일까? 곤의 눈이 녹색으로 변했다가 빠르게 사라지는 것이 보였다.

*   *   *

곤의 일과는 빠듯했다.

두 달의 시간을 헛되이 보낼 수는 없었다.

볼튼과 가장 큰 차이는 힘이었다. 그는 상상을 초월하는 괴력을 가지고 있었다. 곤으로서는 두 손으로 들기도 힘든 도끼를 한 손으로 들며 그것을 양손에 쥐고 자유자재로 휘둘렀다.

그 차이를 최대한 줄여야 했다.

기술은 나중 문제였다. 볼튼이 곤을 우습게 봤기에 기술에 걸린 것이지 생사가 오가는 전투 상황이었다면 결코 벌어지지 않았을 일이다.

최소한 놈의 공격을 절반 정도는 막을 수 있는 힘을 가져야 했다.

몇 번의 공격이라도 막아내야 체술을 쓰든 말든 할 것이 아닌가.

곤은 해가 뜨기 전에 일어났다.

산악 지형을 두 시간 정도 전력을 다해 달렸다. 산을 올라갈 때는 폐와 심장의 기능이 좋아진다.

또한 하체 근육과 허릿심이 강해진다. 산을 내려갈 때는 다른 근육에 유용했다. 중심을 잡기에 용이했고 무릎과 발목의 힘이 강해진다.

모든 힘은 허리와 하체에서 나온다.

그것을 무시하고 기술만 사용할 수는 없었다. 무식하게 상체의 근력을 키운다고 하더라도 받침대인 하체가 없으면 제대로 된 위력을 낼 수가 없었다.

새벽 산행이 끝나면 코일코와 같이 내기를 수련했다. 피곤해진 육체를 회복하는 데 내기만큼 좋은 것이 없었다. 아니, 딱 하나가 있었다.

그것은 수면을 취하는 일.

하지만 주구장창 수면을 취할 수는 없으니 내기를 돌려 피로해진 근육을 풀어주어야 했다.

오후가 되면 도수도를 익혔다.

코일코가 가장 좋아하는 시간이다.

하지만 곤은 이내 땀을 뻘뻘 흘리며 얼굴이 일그러졌다. 기술이란 반복의 집합체다.

언제 어디서든 무의식적으로 상대에게 기술을 걸 수 있어야 했다.

하루에 최소 천 번 이상 같은 기술을 반복해야만 했다. 그러니 한 개의 기술을 배우는 데 일주일로도 모자랐다.

또한 연계 기술이라는 것도 있었다. 타격을 입힌 후 연속으로 기술이 들어가 상대를 완전히 제압하는 기술이다. 그것을 익히려면 시간의 숙성밖에 없었다.

그렇게 치면 두 달이란 시간은 부족했다.

하고 또 하고 끊임없이 반복하여 완전히 내 것으로 만드는 수밖에.

코일코는 마보 자세로 정권을 내지르고 있었다. 다리가 부들부들 떨리며 이마에서는 땀이 뚝뚝 흘러내렸다. 곤은 최소 삼십 분 이상 그 자세를 유지하라고 시켰다.

처음 코일코는 마보 자세를 우습게 봤다.

우스꽝스러운 자세라고 생각하기도 했다.

하지만 시작한 지 1분도 되지 않아 그것이 얼마나 힘든지 알게 됐다. 허벅지의 근육이 터질 것처럼 요동쳤다.

허리도 아팠다.

제대로 균형을 유지하기란 하늘의 별을 따는 것만큼 어려웠다.

코일코는 처음엔 2분도 균형을 유지하지 못했다.

그랬던 것이 지금은 30분까지 다다랐다. 많이 발전했다.

지금 그가 배우는 것은 정권이다. 기본 중의 기본이라 할 수 있는 타격기였다.

가장 강력한 타격 기술이기도 했다. 정확하고 빠른 정권은 자신보다 두 배는 큰 상대라고 하더라도 능히 무너뜨릴 수가 있었다.

코일코의 옆에서 곤이 똑같은 자세로 정권을 연습했다. 단지 코일코와 다른 점이 있다면 그의 앞에 커다란 나무가 있다는 것이다.

곤의 주먹이 나무를 가격할 때마다 쿠웅 소리가 울렸다. 종소리처럼 울림도 강하다.

똑같은 곳을 얼마나 많이 쳤는지 나무의 면이 반들반들하게 빛나고 있었다.

쿠우웅! 쿠우웅! 쿠우웅!

나무를 가격하는 소리는 한 치의 오차도 없이 일정한 간격을 유지했다.

곤의 주먹은 처음과는 완전히 달랐다. 굳은살이 박이고 피부는 거칠어졌다. 그의 몸은 서서히 단련되고 있었다.

"그만."

곤이 마보 자세를 풀었다.

"우와아아! 진짜 미칠 것처럼 힘드네요, 사부님."

코일코는 바닥에 털썩 주저앉았다.

입에서는 거친 숨이 연달아서 흘러나왔다.

그는 언젠가부터 곤을 곤 아저씨라고 부르지 않고 사부님이라고 불렀다.

정확하게는 사도를 배우기 시작한 다음 날부터인 것 같다.

사부님이라는 말을 들었을 때 곤은 묘한 감정을 느꼈다.

그도 무학 스님을 스님이라는 말 대신 스승님이라고 불렀다.

스승이란 단순히 학식이 많은 사람을 뜻하는 것은 아니었다. 먼저 도를 깨닫고 그것을 후세에 전한다는 의미가 있기도 하다.

후학이 잘못된 길을 가지 않게 인도하고 자신의 가진 모든 것을 아낌없이 전수하는 것이 바로 스승이었다.

코일코가 사부님이라 부른다는 것은 무학 스님이 한 것처럼 그도 아낌없이 가르쳐야 한다는 뜻이기도 했다.

곤은 무릎을 꿇고 코일코의 단단해진 근육을 풀어주었다.

"사부님, 진짜 시원하네요."

소년은 구김살 없이 웃으며 말했다.

"사부님, 저도 해드릴게요."

코일코가 일어나 곤의 손을 잡고 자리에 앉게 했다. 두툼하고 억센 손으로 곤의 종아리와 허벅지를 주물렀다.

"시원해요?"

"그래, 시원하구나."

코일코를 보며 곤은 자비로운 미소를 지었다.

"사부님, 그런데요. 제가 고민이 있어요."

다리를 주무르던 코일코는 짐짓 심각한 표정을 지었다.

"무슨 일이냐?"

"쿠기쿠기가요."

"쿠기쿠기가 왜?"

"저랑 다시 붙고 싶다고 했어요."

곤의 미간이 좁아졌다. 당시 코일코는 쿠기쿠기에게 심하게 당했다.

그와 볼튼처럼 상대에게 큰 상처를 입힌 것이 아니었다. 그런데 왜 재대결을 희망한다는 말일까.

"왜?"

"제가 꼴 보기 싫대요. 이번에 박살을 내버릴 거라고 공공연하게 말하고 다닌대요."

"그래서?"

"모르겠어요. 벌써 소문이 쫙 퍼졌더라고요. 쿠기쿠기와 제가 사부님과 볼튼의 대련 날 대련을 한다고요."

"아버님이 허락하시지 않았을 텐데."

"싫다고 했죠. 그런데 전사가 되기 싫으면 마음대로 하라고
해서……."

아이에게 부모란 큰 역할을 한다.

소년이 커가야 할 방향을 제시하기도 하고 어떤 인물이 될
지 이미지를 구체화시키기도 한다.

스승이 할 수 없는 일을 부모가 해야만 했다.

아이는 부모의 뜻을 어기기가 무척이나 어렵다.

부모의 뜻을 따라야 한다는 강박관념이 코일코에게도 있었
다.

"겁이 나니?"

"네. 쿠기쿠기는 저보다 훨씬 강하니까요. 하지만 할 수 없
잖아요?"

"그럼 이렇게 생각해 보자꾸나. 네가 이기면 나도 이기겠
다."

"네? 그럼 제가 지면 사부님도 지는 건가요?"

"네 노력 여하에 따라서 그렇게 될 수도 있다는 말이다. 최
선을 다해라. 그래도 진다면 할 수 없다. 수단과 방법을 가리
지 않고 싸워서 이기는 것이라면 죽고 죽이는 싸움에서 하면
된다. 하나 서로의 실력을 겨루는 것이라면 질 때 지더라도 최
선을 다해라."

"최선을 다해야 한다……."

코일코는 반복해서 말했다. 소년으로서는 한 번도 들어보지 못한 말이다.

오크 전사들은 무슨 일이 있어도 상대를 이겨야 한다고 가르쳤다.

"그래, 최선을 다하는 것. 대신 죽을 만큼 노력을 해야 한다."

"네, 죽을 만큼 노력할게요."

"또 하나 명심할 것이 있다."

"그것이 뭔가요?"

곤은 코일코에 가슴을 손등으로 툭 쳤다.

"노력 위에 있어야 할 것은 뜨거운 심장이다. 반드시 이기고 야 말겠다는 의지."

"뜨거운 심장, 이기겠다는 의지."

"그래, 그것을 알았으면 좋겠구나."

곤은 자리에서 일어났다.

*　　　*　　　*

부스럭.

곤은 천막 밖으로 나왔다.

부서진 달이 금방이라도 떨어질 것처럼 밝게 빛을 내고 있었다.

모두가 잠이 든 이 시간에 그가 밖으로 나온 이유는 단전에서 점점 크기를 더해가고 있는 기이한 느낌의 내기 때문이었다.

무상심법의 내기 때문인지 지금은 얌전하지만 언제 어떻게 변할지 알 수가 없었다.

뱃속에 폭탄을 들고 다니는 느낌이다.

기이한 내기를 이대로 둘 수는 없었다. 이 내기를 제어하지 못한다면 반드시 부메랑처럼 되돌아와 자신에게 해를 입힐 것이다.

곤은 그렇게 생각했다.

그는 달빛이 잘 비치는 곳에서 가부좌를 틀기 위해 바위를 찾았다.

괜찮은 곳이 보였다. 그가 자리에 앉자 엉덩이에 뭔가가 배겼다.

곤은 손을 집어넣어 그것을 빼냈다. 손바닥 안에 쏙 들어가는 작은 돌이다.

그리고 그것이 무엇인지 기억해 낼 수 있었다. 예전에 본 돌멩이가 확실했다. 만지는 순간 알 수 없는 오한을 만들어낸 그 돌멩이.

정말로 그때의 돌멩이가 이 돌멩이일까.

하긴 이 세계는 믿을 수 없는 것만 일어나는 곳이기도 하니. 이 돌멩이가 살아 있는 생명체라고 하더라도 믿을 수 있을 것이다.

하지만 너무도 섬뜩함을 주는 존재이기에 몇 번이나 마주치고 싶은 생각은 없었다.

곤은 돌멩이를 물끄러미 바라봤다.

볼록볼록.

뭔가가 안에서 튀어나오려고 한다. 깜짝 놀란 곤은 돌멩이를 바닥에 떨어뜨렸다. 돌멩이는 흙속으로 빠져들더니 이내 사라졌다.

"세상에……."

마치 악몽을 꾼 듯한 느낌이다.

머리를 좌우로 흔든 곤은 방금 전에 본 것을 잊으려고 노력했다.

어차피 상식이 무너진 세상이 아닌가. 납득을 해야지 이해를 하려면 한도 끝도 없었다.

그는 바위에 걸터앉아 가부좌를 틀었다.

"후우."

크게 심호흡은 한 후 기이한 내기를 움직이기 시작했다. 일단 내기의 정체를 알아볼 셈이다. 예전에는 내기가 자신을 도와준다고 여겼지만 시간이 갈수록 그것이 아니라는 것을 깨달았다.

내기가 서서히 움직인다. 그것은 혈도를 타고 전신을 맴돌았다.

내기가 혈도에 닿을 때마다 시큰시큰한 느낌이 들었다.

내기의 기운이 느껴졌다. 그것은 자신이 누구인지 조물주에게 철저하게 대답하고 있었다.

이 음산함.

이 처절함.

이 악독함.

곤의 눈동자가 점점 녹색의 기운을 띠었다.

"크흑! 이, 이것은……."

내기의 본질은 독이었다.

어찌 독이 내기가 될 수 있다는 말인가.

독의 기운이 전신을 휘감으면 휘감을수록 곤은 감정이 무뎌지는 것을 느꼈다. 그가 알고 있던 사랑, 우정, 애정, 효도, 충성, 연민과 같은 감정은 사라지고 증오, 악의, 살의와 같은 감정이 살아났다.

카온을 죽였을 때의 느낌이다.

설마?

그때에도 이 힘을 사용했다는 말인가?

곤은 기를 운용을 멈추고 손바닥을 바라봤다.

이 힘.

위험하다.

독 내기를 운용하면 분명 강해진다. 반면 그 이상 위험에 처할 수도 있었다. 어쩌면 가까운 사람을 상하게 할 수도 있을 것이다.

"그래, 무학 스님께 배운 무상심법만 있으면 돼. 이것만으로도 충분히 강해질 수 있어."

곤이 자리에서 일어나 천막 안으로 들어갔다.

부글부글.

그가 앉아 있던 바위가 독 기운으로 인해 녹아내리고 있었
다.

『마도신화전기』 2권에 계속…

데일리 히어로

FUSION FANTASTIC STORY

인기영 장편 소설

지금까지 이런 영웅은 없었다!

『데일리 히어로』

꿈과 이상을 가진 평.범.한. 고딩 유지웅.
하지만……
현실은 '빵 셔틀' 일 뿐.

그러던 어느 날, 유지웅의 앞에 나타난 고양이.
그(?)로 인해 모든 것이 바뀌었다.

선행! 선행! 그리고 또 선행!

데일리 히어로 유지웅의 선행 쌓기 프로젝트!

Book Publishing CHUNGEORAM

유행이 아닌 자유추구-
WWW.chungeoram.com

전혁 新무협 판타지 소설
FANTASTIC ORIENTAL HEROES

왕후장상

『월풍』, 『신궁전설』의 작가 전혁이 전하는
유쾌, 상쾌, 통쾌 스토리, 『왕후장상』!

문서 위조계의 기린아 기무결.
사기 쳐서 갈 먹고 잘살던 그에게 날벼락이 떨어졌다.
바로 녹슨 칼에서 나온 오천만 냥짜리 보물지도!

기무결에게 내려진 숙제,
오천만 냥을 찾아라!

그러나 꼬인 행보 끝 도착한 곳은 동창의 감옥이었으니…….

"으아악! 이게 뭐야!! 무림맹이 왜 여기 있는 거야!"

천하제일거부를 향한 기무결의
끝없는 도전이 시작된다!

Book Publishing CHUNGEORAM

용마검전
FANTASY FRONTIER SPIRIT
김재한 판타지 장편 소설

「폭염의 용제」, 「성운을 먹는 자」의 작가 김재한!
또다시 새로운 신화를 완성하다!

『용마검전』

사악한 용마족의 왕 아테인을 쓰러뜨리고
용마전쟁을 끝낸 용사 아젤!

그러나 그 대가로 받은 것은 죽음에 이르는 저주.
아젤은 저주를 풀기 위해 기나긴 잠에 빠져든다.

그로부터 220년 후……

긴 잠에서 깨어난 아젤이 본 것은
인간과 용마족이 더불어 살아가는 새로운 세상이었다.

Book Publishing CHUNGEORAM

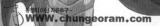

유행이 아닌 자유추구 ~
WWW.chungeoram.com